船手奉行うたかた日記

巣立ち雛

井川香四郎

幻冬舎文庫

船手奉行うたかた日記

巣立ち雛

目次

第一話　巣立ち雛

一

隅田川を詠《よ》んだ文人歌人は多い。

船手《ふなて》奉行所の新米同心・早乙女《さおとめ》薙左《なぎさ》は、自ら鯨船《くじらぶね》の櫓《ろ》を漕《こ》ぎながら、

――隅田川つつみの花のから錦《にしき》　春はきて見ぬ人やなからむ
と著名な歌人の歌を口ずさんで、川を遡《さかのぼ》っていた。〝から錦〟とは桜のことである。初秋の堤に花はないが、鮮やかな青葉には夏の余韻が残っていた。

「下手《へた》な歌はいいから、ちゃんと漕げ」

舳先《へさき》で仰向《あおむ》けに乗っている先輩同心の鮫島拓兵衛《さめじまたくべえ》が不機嫌な声を洩《も》らす。その強面《こわもて》は、知らず者でも引き下がってしまうくらいで、いつも怒っているように見える。薙左は少し力強く櫓を漕ぎながら、

「有名な人の歌ですよ」

「ほう。誰でえ」

「ええと……晴海とかなんとか」

「知らねえじゃねえか。知ったかぶりをする奴《やつ》ア一番嫌いだ」

「文句はいいですから、そろそろ代わってくれませんか？」

「なにをだ」

「漕ぐのをですよ」

「もうへたばったのか。近頃の若い奴は根性が足りねえ。鍛錬だと思って続けろ」

鮫島は青い空にぽっかり浮かぶ雲を見上げて、端唄《はうた》か何かを口ずさんでいる。いずれにせよ、隅田川の川風は人の心を俳人や歌人にしてしまうようだ。

この川は同じ川でありながら、下流から上流に向かって、大川、宮古川、隅田川と呼び名が変わる。名が変われば風情《ふぜい》も違う。吾妻橋をくぐって上り、綾瀬川との合流近くまで来ると、江戸というより牧歌的な田圃《たんぼ》が広がって、水車があちこちで回っていた。

鯨船とは、捕鯨の船ではなく、操舵の扱いがよく迅速に動くので、水難救助のために使われている。だが、今日は水難の助けを求められたわけではない。

「江戸の人々が楽しむ向島の美しい土手に、住み着いている輩《やから》がいる。護岸普請《ぶしん》をするゆえ、立ち退《の》かせろ」

と幕府から命令が下ったのだ。

土手には、数十人の者が住み着いており、中には家族連れもいる。掘っ建て小屋を建て、空き地を耕して菜の物などを植えている。目の前は川である。飲み水を汲《く》むにも、洗濯をするにも事欠かない。心地よい日差しの中では洗濯物がゆらゆらと揺れており、のどかな庶民の暮らしにしか見えなかった。

しかし、そこは本来、誰も住んではならない明地《あけち》だ。ましてや、大雨で川に水が溢《あふ》れると、悉《ことごと》く流されてしまう危険な場所である。ゆえに、町方の本所廻りも再三再四、他に移れと命令してきた。だが、一度離れても、すぐさま舞い戻り、暮らしを続けるのである。

中には、どこから取ってきたのか、数艘《そう》の古い小舟を停留させて、筏《いかだ》のように組み、水上生活をしている人たちもいる。あたりでは鯉《こい》や鮒《ふな》を釣ることができるし、手長海老《えび》、川海苔《のり》なども獲《と》れるので食べるのには困らない。真冬でもない限り、まあまあ温暖で、何不自由なく生きていける。

誰ともなく住み着くようになったのは、もう二十年も前である。もちろん、人は次から次に入れ替わるのだが、中には子供の頃から大人になるまで育った者もいる。そのような集落の中でも、読み書きを覚え、誰かのツテを頼って、大店《おおだな》に奉公した子もいる。

裏店にも住めないような〝家なし〟と蔑《さげす》まれてはいたが、誰に迷惑をかけているわけでもない。いや、むしろ、町名主らはいいように利用して、町内の修繕や溝浚《どぶさら》い、塵芥《ごみ》の始末などをさせていた。それでも多少の給金になるから、喜んで働いていた。

当たり前に働いて、当たり前に暮らしていた。人様のものに手を出したり、一緒に住んで

いる者同士が、何かを奪い合って喧嘩《けんか》をすることもなかった。だが、

——ここにいては相ならぬ。

となったのである。薙左は、その説得をするために、鉄砲洲《てっぽうず》の船手奉行所から、わざわざ船を漕ぎ上げてきたのだった。

船手奉行所とは、江戸湾から隅田川、荒川、江戸川などの河川、そして市中の掘割などの流域の治安を守る、いわば水上警察である。江戸はベネチアに較べられたほどの水の都だった。

水際で暮らしている人々がいかに多いかは、毎日のように、川や掘割を舟を漕いで見回っている薙左にはよく分かっている。それだけ事件や事故も多い。町中で事件を起こして逃走に使うこともある。ゆえに、常に目を光らせておかねばならず、橋番や船番所の番人は気が休まることはなかった。

しかし、今回は事件ではない。川の土手に住んでいる人々を追い出す、という辛《つら》い仕事である。

「あれですか、サメさん」

薙左の櫓が少し方向を変えて、舳先が隅田川東畔に流れた。

行く手に、もっこりとした白髭《しらひげ》の森が見える。近江《おうみ》白髭大明神が平安時代に勧請《かんじょう》された

というが、格式張った神社ではなく、江戸町人が気軽にぶらりと訪れる、風光明媚《ふうこうめいび》な所だった。

その手前の土手に、小さくて粗末な掘っ建て小屋が十数軒並んでいる。中には竹や廃材を立て掛けただけのものもある。

「たしかに、せっかくの景色が台無しですね。これじゃ、寿老人《じゅろうじん》も嘆くかも……」

寿老人は七福神の一人で、白髭神社に祀《まつ》られている。

「かもしれねえな」

鮫島は振り返りもせずに頷《うなず》いた。もう何度も見てきた口ぶりで、

「奴ら、しぶといからな。公儀のお達しだと言っても、はいそうですかと退《ど》きやがらねえ。むしろ、俺たちは幕府ができる前から住んでるンだと、訳の分からねえことを言いやがる。こっちがちょっと強く出ようものなら、幕府のお役人てなア何かい。金もねえ、住む所もねえ弱い者を虐《いじ》めるのが勤めなのかい、と逆に言いがかりをつけやがる。その上で、近くの生臭坊主を呼んできては、隅田川は誰のものでもない。仏様の恵みによる、命の水だ。たとえ将軍様でも、手を出したらバチが当たる、などと屁理屈にもならねえことを喚《わめ》きやがる」

「そうなのですか？」

「ああ。俺は権力を笠に着て威張り散らす奴は嫌いだが、てめえの弱さを逆に武器にして、

人様に難癖をつける奴も、どうも好きになれねえんだ」

「そんな人がいますかねえ」

「いるんだよ。だから困ってる。もっとも、はっきりと一揆《いっき》でも起こしてくれりゃ、幕府の方も始末し易《やす》いのだろうが、敵もさるもの、手を出しやがらねえ。ただ居座ってる者を引きずり出すわけにもいかねえからな」

そんなことを話しながら、土手沿いに建ち並ぶ集落に来ると、薙左は遠日に見たときよりも、意外に綺麗なところだと感じた。

共同で使うのであろう、炊事や洗濯に使う瓶や盥《たらい》などが整理されて置かれており、年季の入った掘っ建て小屋の前のよく耕された畑には、青物市場に卸《おろ》してもよさそうな、大根、人参、独活《うど》、牛蒡《ごぼう》、茄子《なす》、小松菜などが栽培されていた。秋の草花も小さな花びらを開いて、小屋を取り囲むように咲いている。

何処《どこ》からともなく、子供たちが数人、駆け寄って来た。まだ寺子屋に通う前の幼子たちだ。この界隈《かいわい》に立ち寄る川船は珍しくないのであろう。どの子も人慣れした顔で、

「どっから来たの？」「何か、ちょうだい」「一緒に遊ぼうよ」

などと船から降り立つのへ、素直に声をかけてくる。江戸市中の子供たちの中には、見知らぬ者を訝《いぶか》しげに見る子もいるが、警戒する様子はまったくない。若い薙左には元より、厳《いか》

つい顔の鮫島にすら、飛びかからんばかりの勢いで抱きついてくる。

そうされると、鮫島も無下に追っ払うこともできず、

「よしよし。おじさんな、何も持ってないんだ。これで飴玉《あめだま》でも買いな」

と袖《そで》から文銭をじゃらりと十数枚出して、子供たちに配る。明和《めいわ》年間（一七六四〜七二）に出回った四文銭である。それまでは団子は一串五個と決まっていたが、その銭のお陰で、四個が相場となった。五個で売る出商《であきな》いの者は、

――律儀者。

と呼ばれて、町人たちに喜ばれていた。白髭神社の方へ行けば、〝律儀者〟がいるかもしれないが、この集落には出商いも来そうになかった。

子供たちは素直に喜んで飛んだり跳ねたりしていたが、それを見ていた親たちは、不機嫌な顔で近づいてきて、

「あたしらは物乞いじゃないよ。ほら、そんなもの貰《もら》ったらバチが当たるよ」

と子供たちから小銭を取り上げると、鮫島に叩《たた》きつけるように返した。

「まあ、そういきり立つなよ。こっちは話し合いに来たんだ」

「何度来ても同じだよ、かもめの旦那」

船手同心は捕物出役のときに、白装束に身を包んでいるから、〝かもめ同心〟と呼ばれる

ことがある。海や川での捕り物ゆえ、いつ死んでもという覚悟からだが、水の上では最も目立つ色でもある。もっとも、今日は藍染《あいぞ》めの木綿《もめん》の着物だ。

　鮫島は懐手のまま、ズイと押しやるように前に出て、

「町方が甘いからこんなことになるんだ。おまえら、少々つけ上がってるんじゃねえか？俺はそうはいかねえよ」

「お、脅す気かい」

「誰が脅してるんだ。俺たちは、上から命じられたことを、きちんとやっているまっとうな役人だ。こっちが下手に出てれば、いい気になりやがって……と言いたいところだが、女を相手にしてもしょうがねえ。主《あるじ》たちを呼んでこい。どうせ、することもなく、プラプラしてるんだろうが」

　明らかに因縁をつけているのは鮫島のように見えた。薙左はそんな姿を忸怩《じくじ》たる思いで見ていたが、女たちもまったく怯《ひる》む様子はない。むしろ頑として動かない態度で、薙左は戸惑った。

「やるなら、やってみろってんだ。殺したいなら、サア殺せ！」

　と年増が片肌脱ぐ勢いで、凄《すご》んでみせた。

「あたしゃね、これでも〝地蔵音松《じぞうおとまつ》〟の女房だった女だ。こうなったら、梃子《てこ》でも動かない

からね。なめるんじゃないよ」

ふと、薙左が一方に目を移すと、集落の片隅の水辺に、小さな地蔵が座っている。三度笠を被《かぶ》って、渡世人のような合羽を着せられている。

「あれが地蔵音松だ」

と鮫島も目を流した。

音松という上州《じょうしゅう》の博徒が流れ着いて、この辺りに住んでいた。百姓のために、代官が隠し持っていた米を盗んで追われた義侠心《ぎきょうしん》に富んだ男だった。

様々な理由で国から追われ、家族と別れ別れになって、この地に辿《たど》り着いた者も多かった。しかし、病んでいたり、年を取っていたりして、思うように仕事にも就けない。ならば、身を寄せ合って、なんとか生きていくしかないではないか。

しかし、この場所は大雨が降って川の水位が上がれば、あっという間に流される。事実、数年に一度は水浸しになっている。

――危険だから、他に移れ。

というのが幕府の言い分だが、余所《よそ》に行く場所があれば、ここには住み着くまい。それを承知で、強引に追い出そうとしたとき、音松は掘った地面の中に自分の体を埋めて、断じて動かぬ、と反抗したのである。まさに、地蔵のように動かなかった。

結局、連れ去られて、音松は処刑された。昔の代官所の蔵を襲撃した咎《とが》であった。その後、誰かが地蔵を作り、音松の義侠心を讃えて、この地の鎮守代わりにした。

〝地蔵音松〟というのは、この辺りの英雄だったのだ。

「だがな、そんな話はもう通用しねえんだ」

と鮫島は、かなりの強気を見せた。

「幕府は、きちんと護岸の普請をして、ここに渡し舟の船着場を作る。そして、白髭神社への参道にすることを決めたんだ」

「そんなこと知るかい」

険しい顔で年増たちが睨《にら》むのへ、鮫島はさっと徳川の三つ葉葵《あおい》の家紋のついた文書を突きつけた。

「上様から直々《じきじき》、立ち退けとの下達じゃ」

「…………！」

「俺もこんなものを見せびらかしたくはないが、十年も前の音松と同じことをするなら、やむを得ん。おまえらは公儀への忠誠不届き並びに公儀普請を阻害した罪により、厳しく断罪するしかあるまい」

「ふん。そんな脅しに来るもんかい」

「吠《ほ》え面《づら》かく前に、おとなしく言うことを聞いた方が利口だと思うがな」

鮫島が一層、鋭い眼光になったとき、地蔵の近くにふらりと、野良着の男が現れた。手には土嚢《どのう》を抱えており、せっせと積み重ねている。丁度、地蔵を囲むように積み終えると、ふうっと深い溜息《ためいき》をついた。

「奴は？　もう三月《み》も通っているが……」

見かけない顔だと思って、鮫島は首を傾《かし》げた。

「さあね。何処の誰兵衛か、ここじゃ深く詮索《せんさく》しないことにしてるんでね」

年増がそう答えると、薙左は不思議そうに見やって、なんとはなしに近づいた。男はその穏やかな顔つきのせいか、同じ集落に住む人たちに比べて、苦労をしていないように見えたからである。

地蔵の向こうは綾瀬川に繋《つな》がる土手が続いており、隅田川の合流点のせいか、流れが急になっている。その早瀬を堰《せ》き止めるような形で土手があるのだが、一部が崩れており、もし大雨が降れば今にも溢れ出そうであった。それに沿って、土嚢を積んできた様子なのである。

――たしかに、幕府の施政どおり、護岸の普請をしなければ危ないな。

と薙左は思った。

「なんだ、若造。どうせ無駄な足掻《あが》きだと思うておるのか」

　穏やかな顔の男は、意外にもぞんざいな口調である。四十がらみの日焼けした顔には深い皺《しわ》が刻み込まれていた。

「俺もここの住人だ。文句があれば、俺に話すンだな。三つ葉葵が怖くて、こんな所じゃ暮らせるものか」

　人の目をじっと睨むように見る。その体軀《たいく》は威風堂々としている。かつては武士だったのであろうか、剣胼胝《けんだこ》が目にとまった。その男が、薙左たち船手奉行所の脅威になろうとは、まだ思ってもみなかった。

二

　塵芥を片づけてくれと、知らせが入ったのは、その翌日のことだった。

　仙台堀川沿いの住人から、町奉行所に訴えが出て、船手奉行所の方にも回ってきたのである。いつの世も、掘割に不当に塵芥を捨てる輩が多くいるもので困っていた。

　生ゴミやちょっとした道具類なら、浚うこともできようが、とても一人や二人では担げないような廃材や割れた陶器、石材の類《たぐい》までが、まるで塵芥捨て場のように掘割の中に捨てられているのである。

川の水は汚れるし、往来する舟の邪魔にもなる。中には古めかしい舟にそのまま、塵芥を乗せて放置しているのもある。まったく人の迷惑を考えない行為であるが、誰がやったか分からないから、とっ捕まえることもできない。町火消しや町内の若衆などが総出で片づけはするが、塵芥を捨てた奴にはきつい裁きをしてもらいたいのが人情だ。

事実、塵芥の投棄に関しては厳しい掟《おきて》があった。江戸で塵芥を永代島に捨てるようになったのは、明暦《めいれき》元年（一六五五）からであり、三つの決まりがあった。

――塵芥は川に捨てずに永代島に捨てろ。

――船を停泊させるときには、水路を開けておけ。

――川を埋めて築き出してはならぬ。

というものである。しかも、塵芥は夜は運んではいけない決まりになっている。なのに、掘割に捨てた輩は、夜中に捨てたと思われる。万が一、見つかっても、軽い咎めで済むから、傍若無人なやり方で、悪いとも思わず塵芥を捨てているのだ。

その塵芥の中に、流木やボロ切れがあった。それが、

「音松村の者たちのものじゃないか」

という疑いが出たから、厄介なことになったのである。音松村とは、今、幕府から立ち退

きを迫られている、隅田川土手の住人たちの暮らしている辺り一帯を指している。正式な町ではない。

仙台堀に来た薙左は、町名主に呼ばれて、

「船手奉行所が、きちんと見廻りをしないから、不逞《ふてい》の輩が場所を弁《わきま》えずに捨てたりするのです。やった奴らは分かっているのです。早くとっ捕まえて処罰して下さい」

と、嘆願というより頭ごなしに命じられた。薙左を若同心だと見くびってのことだろうが、迷惑を受けている気持ちは、よく分かった。

「しかし、町名主さん。音松村の人たちがやったというのは、どうでしょうか？」

「どうでしょうか、とは」

「そんな、人様に迷惑をかけるような人たちには思えないのですが」

「なんです？　あなたは、あんな奴らのことを庇《かば》うのですか」

町名主は不愉快な顔を露《あら》わにして、「そうとしか考えられません。それとも、うちの町内に、そんな酷《ひど》いことをする人がいるとでも？」

「そんなことは言ってません。芥改役《あくたあらためやく》らが見回ったところでは、これら廃材の出所は、おそらく、大きな御屋敷を取り潰《つぶ》した業者か、材木を扱う問屋。持ち物などろくにない音松村の人たちが出したとは……」

と町名主は呆《あき》れ顔で、鼻先で笑うような仕草で続けた。

「あの村の者たちが、何で暮らしてるのか、ご存じですか？　塵芥拾いですよ。しかも、中途半端な量ではない。あちこちの普請場を訪ね歩いては、塵芥の片づけの手伝いをするのです。それを永代島まで運ぶことを約束して駄賃を受け取る。だが、最後まで運び届けることはせず、途中で捨てる。駄賃だけ只取《ただど》りですよ」

「そんなことを……!?」

「塵芥を出す方も、ちゃんと鑑札を貰っている塵芥業者より格安に処分できるから、そいつらに頼むんです。途中で捨てたかどうかなんてことは知ったことじゃない」

「酷いな。それじゃ、普請問屋は途中で破棄するのを承知の上でやってるわけですか。まったく、ふざけた話ですね」

「ふざけてるのは、駄賃欲しさに、捨てる気もない塵芥を請け負う方でしょう。お陰で、この掘割は、ごらんのとおり、船も通れないくらいの塵芥だらけだ。深くないのだから、すぐ船底が当たってしまう。いくら町内の者たちが浚っても、また捨てる。まるでいたちごっこだ」

「何を言うやら」

　薙左は困惑したような目を向けて、小さな溜息をついた。

「でも、本当に音松村の人たちが？」

「町名主の私の話が信じられませんか。町方でも目をつけているようですよ」

「そうなのですか」

「早乙女の旦那。その目で確かめたら如何《いかが》ですかな。そして、きちんと罰を与えて、厳しくしてもらいたい。さ、今すぐ、何とかして下さいまし」

囃《はや》し立てられるように薙左は、再び音松村に向かった。胃の奥にドスンと重いものが沈んでいき、歩みも遅くなった。

音松村の者たちは、別に好き好んで不自由な暮らしをしているわけではない。にも拘《かかわ》らず、立ち退きを迫ったり、咎人扱いをしたりすることが、薙左には堪《た》えられなかった。考えが甘いことは承知している。しかし、自分が役人というだけの理由で、さらに不遇な立場に追いやることは、人の道としてできないと感じていた。

白髭の森近くの土手に来ると、先日の剣胼胝の浪人者がまた土嚢を積んでいた。無駄な足掻きとは言わないが、もし洪水になればひとたまりもないと薙左は思っていた。いや、薙左でなくとも、そう感じるであろう。それゆえ、音松村の他の者たちも、一向に手伝おうとしないのではないか。わずかに数人の子供たちだけが、遊び代わりに土嚢を運んでいた。

「また、おまえか。何度来ても同じことだ。帰った帰った」

と浪人者は突き返すような鋭い眼光で言った。

「今日は別の要件で来ました」

「塵芥のことか、掘割の」

既に深く知っている様子だが、相手にせぬとばかりに淡々と、「それはここに住んでいる者の仕業ではない。きちんと調べれば分かることだ」

「いえ、しかし……」

「しかしも、かかしもない。そうやって役人は難癖をつけて、咎人に仕立てて小伝馬町《こでんまちょう》送りにしようと考える。ここを立ち退かない者たちを追いやる御定法《ごじょうほう》がないから、無理矢理、ありもしない罪を押しつけているのだ」

浪人者は土嚢を積み重ねながら、少しもへたばることなく言い続けた。盛り上がった首根や腕の太さは、やはり、

——只者ではない。

と感じさせた。薙左も、音松村の者たちが不法に塵芥を捨てたとは思っていないから、少しだけほっとして、

「私もそう信じています。この村の人たちは心根が綺麗な人たちばかりだ。ただ一生懸命生

きているだけなんだ。だから、そんな悪さはしていないと思ってます」

ときっぱり言うと、浪人者は一瞬だけ手を止めて薙左を振り返ったが、

「下らぬ。心根の綺麗な人間なんぞ、いたらお目にかかりたいわい」

吐き捨てるようにそう言って、よいしょと幾重にも重なっている土嚢を踏み台にすると、さらに高い所に運んだ。

ああ言えばこう言う。あまのじゃくかもしれないと薙左は思った。辛そうな作業を黙って見ているのも能がないと、足元にずらりと並んでいる土嚢を抱え上げようとしたら、これが意外に重い。浪人者は軽々とやっているように見えたから、さりげなく手にしたのだが、グキッと背中に痛みが走った。

「ふむ」

鼻先で浪人者は笑って、若造の細腕で持ち上がる代物《しろもの》ではないと言いたげに視線を投げかけてきた。そんな目をされると意地になるのが薙左である。捕り縄を外して、襷掛《たすきが》けにすると、本腰を入れて一緒に土嚢を積み始めた。

だが、浪人者は、ありがとうの一言も言わない。やりたければ勝手にやれというような態度で、自分は自分の調子で働き続けた。

これだけの土嚢を作るだけでも大変な作業だったに違いない。薙左は黙々と続ける浪人者

に従うように土嚢を重ねたが、たった二人の作業では目に見えて成果はない。果てしない千里の堤を造るかのように、気が遠くなるだけだった。

どれくらいのときが経《た》ったか、日が暮れてきたので、浪人者は手を止めた。全身ぐっしょりとなっている。薙左も同じだ。

ふうっと深い溜息をついた浪人者は、帯に下げていた手拭《てぬぐ》いでゴシゴシと顔や胸の汗を拭うと、

「若造、おまえもなかなかやるではないか」

と初めて相手を認めるような言い草で声をかけてきた。だが、露ほどの笑みもこぼさない。相変わらずの険しい目つきで、

「明日も明後日も続けるなら分かるが、気まぐれで手伝っただけなら、二度と来るな」

とまた突き放すように言った。

「待って下さい。私は、こんなことをするために来たのではありません」

「だったら、やるな」

「…………」

「誰も頼んではおらぬ。おまえの魂胆は読めておる。俺に近づいて、何かよい話でも得ようとしてるか、この音松村のことで、よからぬことを見つけて足を引っ張るつもりであろう。

残念だな。そんな気は毛頭ない」

「そんなことは考えておりません」

葎左はじっと相手を見据えて、自分もただ増水した時に少しでも役に立つようにと積んだまでだと言った。

「御公儀は普請をするすると言いながら、結局は放っておくままだ。俺は何度も嘆願を出しておる。だが梨《なし》の礫《つぶて》どころか、この村から何処かへ移り住めば済む話だと言いやがる。もっとも、それがお上《かみ》というものだがな」

川の水に手拭いを晒《さら》して力強く絞ると、また顔や腕を拭《ふ》きながら、白髭神社の方へ向かった。土手を少し登った所に、流木だけで建てたような粗末な小屋がある。そこが浪人者の住まいだった。

長年、居着いている様子ではない。まだ日が浅いようだし、同じ村の住人とも、簡単な挨《あい》拶《さつ》は交わしているが、親しそうではない。にもかかわらず、土嚢を積むという作業を一人で黙々とこなしていることが、葎左には理解できなかった。もっとも、浪人者にも、誰かに理解されたいという思いなど微《み》塵《じん》もなさそうだ。

「若造。俺についてきたところで、何も得るものはないぞ。どうせ、町名主に言われて、仕方なく来たのだろうが、この村の者たちは、殺されでもしない限り、ここからは立ち退かぬ」

「そうではなくて、鉄砲水が来たときのことが心配で、私は……」

「とにかく、ここに住めねば、ボロ舟を拾うか、筏でも作って川で暮らすしかない。おまえたちのように、旨い飯を食って暖かい布団で寝ている奴らとは違うのだ。それだけは覚えておけッ」

まるで師匠に叱《しか》られた弟子のように、薙左は何も言えなかった。ぐっしょりとかいたままの汗を拭う気にもなれなかった。手足が疲れたからではない。

——心が疲れた。

からである。人の善意や親切心を頑《かたく》なに受け入れない浪人に対して、少しばかり憤然となって、薙左はその場を離れた。

三

「おまえも無駄な仕事をするものだな」

船手番与力の加治周次郎《かじしゅうじろう》は、呆れた顔をして責めるように、「土嚢を一緒に積んでやるのは一向に構わぬが、そこで奴から何を掴《つか》んだのだ。あるいは、村の者の心情でも分かったのか。そうではあるまい。公儀役人として、舐《な》められに行っただけではないか」

船手奉行の戸田泰全《とだたいぜん》が濁声《だみごえ》で割って入って、

「まあ、そう言うな、カジ助」

とトドのように肥った体を持て余すように捻《ひね》りながら、「おい……ゴマメ。背中を掻《か》いてくれ。腕が後ろに回らなくなってな。いや、どうも硬くなっていかん」

カジ助とは加治周次郎の渾名《あだな》で、奉行所同心の舵取《かじと》りという意味合いもある。ゴマメは薙左のことだ。よく悔しがるものの、一向に上役に通じない悔しさを察しながらも、先輩同心らがからかって、そう渾名している。

「ゴマメはやめて下さい」

きっぱりとそう言いながらも、孫の手の代わりに、薙左はせっせと戸田の背中を掻いてやってから、

「お奉行。どうして、あそこに住んではならないのです」

「その前に、てめえに一言だけ言っておく」

と口を挟んだのは、鮫島である。いつも人を睨みつけるような怖い目がさらに怖くなっている。薙左は言われる前に、

「あっ。勝手に一人で行ったことは反省しています」

と機先を制して、「でも、サメさんと一緒に行けば、あの浪人者と揉《も》める。そうなったら、もっと面倒なことになると思って……」

「それが余計なことだと言うンだ。てめえ何様のつもりだ」

「まあまあ、サメ。若造相手にそうムキになるな」

戸田奉行は背中の痒《かゆ》みがほぐれてゆくのを快感に感じているのか、目を細めながら、「これからは気をつけろ。分かったな、ゴマメ」

「ですから、その渾名は……」

「分かったな、薙左」

「はい。承知しました。でも私は、強引に立ち退かせるのは反対です」

「おまえの意見なんざ聞いちゃいねえよ」

と戸田は伝法詭《でんぽうなま》りで、「御公儀の方針を変えるつもりかい？　そりゃ到底、無理ってもんだ。一つの御定法が決まるまでにゃ、長い時をかけて偉いさんが合議し、間違いないよう色々な手続きを踏んで、ようやく実施できるものなんだ」

「そんなことは分かってます」

「だったら、てめえ一人で解決できるなんて思うんじゃねえぞ。何度も繰り返し言ったはずだ。海の男たちは、一人で動いてはならぬ。常に連携して物事に当たらねば、途端に命を落とす」

　薙左が何か言おうとしたが、それを遮《さえぎ》るように背中を掻く手を掴んで、戸田は腹の底から燻《いぶ》り出すような声で、

「船に乗ったときだけに限らねえ。陸《おか》でも同じなんだよ」

　としみじみと説諭してから、薙左に向き直った。

　薙左も思わず下がって、正座をした。その顔にまだ納得できない色を浮かべたが、黙っていた。

　薙左の頬を、ふいに流れ込んできた潮風が撫《な》でた。

　ここ船手奉行所は、鉄砲洲稲荷《いなり》のすぐそばにある。海に面した門が、湾内からも目立つような朱色をしているために、船手奉行所のことを〝朱門〟と呼ぶ者も多い。その門から吹き込んでくる江戸湾の風は時に嵐のようになることがある。

　――海が吠えてる。

　奉行所の同心や水主《かこ》たちは、そういう言い方をする。一見穏やかで、対岸の房総が鮮明に見えて波も穏やかなのに、帆を開いた途端、押し倒すような圧迫をもって押し寄せる風やうねりに戸惑うのだ。

「人も同じだ。静かに見える奴ほど怒濤《どとう》のタネを深く抱えていることがある。奴がそうだ。

あの、音松村の……」

薙左が会った、土嚢を積み続ける男のことである。加治はポンと、幾つかの綴《つづ》った書類を差し出して、

「これが、あの男の正体……いや誰でも心の奥深くの正体なんぞ分からぬ……奴の経歴だ。まさに同心としては出世街道を進んでいた奴と言っていい」

「同心だったのですか？」

薙左がさっと目を通すと、腕利きの南町奉行所同心だったことが記されていた。隠密廻《おんみつまわ》りの筆頭にまでなった男だ。隠密廻りとは、定町廻《じょうまちまわ》りの扱わぬ事件を担当することが多く、場合によっては身分を伏せて、町場を徘徊《はいかい》することもあった。遠国《おんごく》まで執拗《しつよう》に追跡する事態も生じるので、常に十数両の金を前借りして緊急に備えており、八丁堀組屋敷に帰らぬことは特別なことではなかった。

「南町の町方……」

呟《つぶや》くように薙左が言ったのは、自分も船手奉行所に配属される前の見習いのとき、町奉行所で過ごしたから、隠密廻りのことも多少は心得ていたからである。

浪人の名は、宮下裕作《みやしたゆうさく》。実は、数年前、南町奉行の命令で音松村に潜入していたのは、他ならぬ宮下であった。もちろん、渡世人崩れの音松を見張るためである。

「音松は代官に追われている咎人だった」

と戸田は付け足して、「しかし、名を変え、姿も変えて、またぞろ何かをしてかそうとしていたんだ」

「咎人？」

薙左は不満げに見据えて、「困った百姓に、自分たちが作った米を分けてやっただけじゃないですか」

「ここで、おまえに御定法のイロハから講釈しねえといけねえか？」

「盗人《ぬすっと》にも三分の理と言うじゃないですかッ。食うに困って、自分たちが払う米の中から少し取って食ったのが罪ならば、百姓を飢えさせてまで年貢を納めさせる御公儀は大泥棒だ」

「だから？」

「音松って人をとっ捕まえて処刑したのは間違いだったんじゃありませんか？」

「その音松を捕らえたのは、他ならぬ、こいつだ」

と書類を指して、「隠密廻り同心の宮下裕作なんだよ」

「えっ」

薙左は意外な顔を戸田に向けた。

「だったら、どうして音松村に居座ってるんです。同心を辞めてまで」

「さあな。そこんところが分からねえ。町奉行所の七不思議ってとこだ」

「でも、あの村には、音松の女房だった女も住んでいます。宮下って浪人が、自分の亭主を縛り上げたのなら、怨みこそすれ、一緒に暮らすなんてことが……」

「あの村の者たちは、お互いの素姓は詮索しねえことになってる。しかも、宮下は村の誰にも気づかれないように、町方の手下《てした》に報《しら》せて、自分は何事もなかったように住み続けたって話だ」

「何のためにです」

「さあな。そこのところが分からねえから、こっちとしても、突っつきにくいのだが、いずれにせよ……」

戸田はゴホンとひとつ咳払《せきばら》いをした。濁声はどうやら、切れの悪い痰《たん》のせいらしい。懐紙にペッと吐き捨てると、

「喉元《のど》に引っかかってる奴は、どうも気になって困るな。奴は、宮下は必ず何かやらかす気に違いあるまい」

「何かって、何をです」

「それが分かれば苦労はねえ。だから、あの村の者をどこかへ追いやってから、宮下の野郎

がやろうとしてることを、じっくりと燻り出すつもりだ」

「それが狙《ねら》いだったのですか」

薤左は呆れたように溜息をついて、「そうやって、回りくどいことをしなければ、引きずり出せないのなら、放っておけばよいではないですか。何か罠《わな》でも仕掛けて、陥れたい訳でもあるのですか」

戸田がしばらく黙っていると、加治が穏やかな口ぶりで、

「おまえが気にかけることじゃない」

「そんな……。先ほど、皆が一丸にならねばならないと言われたではありませんか。肝心なことは私に知らされないのですか」

「そうではない」

「だったら私にも教えて下さい」

加治はちらりと戸田を見やると、目顔で返してきたのを受けて、薤左に向き直った。

「宮下の妻子も、何年か前に、鉄砲水に流されたらしくてな。行方知れずのままだというのだ」

「妻と子を探しているとでも？」

「まさか、そんなことはできまい。とうに諦《あきら》めてるはずだ」

そんな過去があったのだと思うと、薙左は改めて、宮下が黙々と土嚢を積み上げている姿が愛《いと》おしく感じられてきた。

亡くなった妻子への鎮魂ではないか。夫として父親として、天災から肉親を救えなかったことが慙愧《ざんき》に堪えられず、土嚢でも積んでいないと心が壊れてしまいそうで怖いのではないか。薙左はそう察した。

「何を考えておる」

戸田が薙左の心の裡《うち》を見透かしたように、じろりと見据えた。

「いえ、なんでもありません」

「ならば、無事に立ち退くよう、音松村の者を説得してみることだな。でなければ、公儀としては、如何なる手を講じてでも、追い出すことになるのだからな」

「どうしても追い出さなければならないのですか」

「くどい。俺たちは、上からやれと言われたことを忠実にやり遂げるのが使命だ。役人とはそういうものだ。秩序を乱す者を許せば、限りなく崩れるのが世の中というものだ。分かったな」

薙左は釈然としなかったが、浪人の宮下ならば、別の解決の仕方があるのではないかという思いがよぎった。地道に土嚢を積む男の心意気に賭《か》けてみようと、薙左は心の中で決めた。

四

三度、音松村を訪れた昼下がりは、妙に蒸す日だった。

それでも、宮下はせっせと土嚢を積んでいた。片肌脱いだ姿で黙々と続ける姿は、まだ事の善悪も分からぬ小さな子供が、懸命に土いじりをする様子に似ていた。

「今日も手伝いに来ました」

薙左が声をかけると、宮下はいつものようにチラリと振り向いただけで、一言も返してこなかった。やはり無言のまま、自分がやるべきことをこつこつとしているだけだった。

宮下の逞《たくま》しい筋骨には敵《かな》わないが、薙左も今時の若者に比べれば、胆力も体力もある方だった。何より、船手奉行所という、誰もが嫌がる過酷な役所に自ら選んで入ったくらいだ。

――へこたれてたまるか。

という根性だけは据わっていた。

二刻《ふたとき》（四時間）ほど、土嚢を作っては積み上げていた時である。ふいに雷鳴が轟《とどろ》いた。肌に巻きつくような湿り気は、驟雨《しゅうう》の前触れだったのだ。

「ひと雨来そうですね。休みませんか？」

　と薙左が誘うと、宮下も遠くの空を見上げて、俄《にわか》に心配そうな目になって、

「長引かなきゃよいがな」

　と呟いた。

「人事を尽くして天命を待つ、です」

「む？」

「父がいつも言ってました。父も同じ船手奉行所同心で、抜け荷一味を追ったまま……行方知れずとなりました」

　行方知れずという言葉に惹《ひ》かれたのか、宮下ははっきりと振り向いて、

「若造、おまえの名は」

「はい。早乙女薙左と申します」

「早乙女……」

　宮下は聞いたことがあると小さく頷くと、ぽつりぽつりと降り出した雨を見上げながら、一方の小屋を指さした。土手のように小高くなっている所に粗末な小屋がある。

　黙々と小屋に向かう宮下を、薙左は子犬のように追いかけた。

　傾いた扉をこじ開けて小屋の中に入った途端、滝のような雨が落ちてきた。バリバリと木

皮の屋根を激しく打つ音で、耳が痛くなるほどだった。

小屋は、川面からほんの一間ほどしか高くないが、意外と遠くまで見渡せる。荒川と隅田川の分岐点を眼下にすると、はっきりと水の流れを確認することができる。宮下が積み上げた土嚢は、丁度、音松村を守るように囲んでいる。

「案外と見晴らしがよいのですね」

「うむ。もし水位が増してくれれば、村人に報せねばならぬからな」

軒下には半鐘《はんしょう》のような鐘がぶらさげられてあって、危難が迫ると叩くことにしているという。宮下が来てからはまだ使ったことがないというが、

「何かがあってからでは遅い。早めに叩きたいのだが、それもまた難しい」

と言った。なぜなら、すぐさま逃げようにも、避難する場所がないからである。音松村が被害を受ければ、白髭神社の境内《けいだい》も危うい。両国橋の西側は元々水害に弱い所だ。

にも拘らず、高台の避難場所を作ることを公儀は進めておらず、一部の寺などを水避け地として使うとしても限界がある。しかも音松村の者というだけで、受け入れてくれないこともある。

「だから、俺は土嚢のみならず、実は舟も造っておる」

小屋から見下ろせる岸辺に、何処かから譲られた数艘の小舟を、補修して並べてある。水

位が増せば、子供や年寄りを乗せて、少しでも安全な所に運ぶというのだ。

船手奉行所の者として、薙左は忸怩たるものがあった。

水難があれば命懸けで救助には向かうが、予《あらかじ》め避難を予測した対処を十分しているかどうかは疑わしい。公儀として、もっと充実した防災をすれば、人々が鉄砲水や土砂崩れに戦々恐々として暮らすことはない。いや十分しているつもりでも、自然の前には人の営みなど脆《もろ》いものなのだ。

雨足が強くなり、対岸や遠く武州《ぶしゅう》の峰々が霞《かす》んでいった。

「あなたは、ここで音松村の人々の番人をしているというわけですね。いつ起こるか分からない鉄砲水の見張り番を」

薙左が唐突に声をかけると、雨の壁の向こうを睨みながら答えた。

「俺はここで暮らしているだけだ」

「でも人の役に立とうとしていますよね」

「役に立たぬ者などおらぬ」

薙左は頷いて聞いていた。

「人は誰でも、よりよくなろうとしている。自分も、そして世の中も」

「世の中も？」

「大袈裟《おおげさ》な話ではない。人は己が気づいていなくても、生まれた時より、少しでもよい世の中にして死のうと覚悟しているのだ」

そんなことなど薙左は考えていないと反論しそうになったが、黙ってしまった。宮下がこう続けたからである。

「もし、幼子が過って川に流されて死んだとしても、その命は他の者に何かを気づかせてくれる。その川は危ないとか、他の親たちに子供をもっと見ていろとか」

「なのに……公儀は何もしない。そう言いたいのですか」

「…………」

宮下は黙ったまま、小屋の片隅に座って、頭陀袋《ずだぶくろ》に土を詰め始めた。片時も無駄にしないとばかりに、小屋の裏手からそのまま踏み出せる所に積み上げた土を、素手で入れるのだ。

薙左は感心するというより呆れた。果てしない無駄をしているように思えたのだ。一人だけで、巨大な山を崩すような無謀さに思えた。しかし、崖道《がけみち》が危ないからと、たった一本の鑿《のみ》で隧道《すいどう》を掘り続けた者もいる。まさに、一念岩をも通す気迫があった。

「ここまでやるのは、奥方や子供を亡くされたからですか」

宮下はほんの一瞬、手《て》を止めて、掌に握った土を見つめていたが、

「それだけではない」

　と己に言い聞かせるように答えた。

「供養なのでしょう。その気持ちは分かります。少し違うかもしれませんが、私は父を供養したい一心で、同じ道を歩み始めました。父が愛した海や川、そこで暮らす人々と接することで、わずかでも父の心に触れたいと思ったのです」

「父の供養とな……」

「はい」

「下らぬ。実に下らぬ」

「どうしてです。宮下さんは亡くなった妻子のために、こうして働いているのではないのですか。先ほど、あなたはこうおっしゃった。生まれた時より、少しでもよい世の中にして死のうと……」

「むろんだ。しかし、供養などとは思うておらぬ」

「では何ですか。ひょっとして、妻子を失った哀しみを、そうやって紛らわせようとしているのですか」

「男のくせにぺらぺらと喋《しゃべ》る奴だ」

「あなたのように黙って、するべきことをするのは素晴らしいと思います。でも、話すということを天が人に与えてくれています。だから、お互い分かり合うためには話さなければならないと思います」

「別に俺はおまえと分かり合おうなどとは思うておらぬ」

頑なに拒絶する宮下だった。雨音だけが、やけに響く。莚丘は空疎な気持ちになったが、それでも問いかけざるを得ない。

「では、お聞きします。何のために、宮下さんは土嚢を積んでいるのです」

「………」

「どうしてなのですか」

「村の人たちを守るためだ。供養のためではない」

「つまり、今、生きている人のため、ということですね」

「そうだ」

「でも、そう思うに至った訳があるはずです。あなたは隠密廻りの同心だった。なのに、どうして職を捨ててまで、こんな大変なことをやっているのか、私には理解できません」

隠密廻りという言葉にわずかに反応したものの、船手同心なら知っていて当然かと、さほど気に留めた様子も見せずに砂袋を作り続けて、

「おまえに分かってもらおうなどとは思うておらぬ」

「同じ公儀の同心として聞きたいのです。何故、ここまで……」

「くどい。上役にもそう言われるだろう」

「しょっちゅうです」

　薙左の素直なその言い草に、宮下は苦笑して、

「ひとつだけ言うておいてやる。出世したければ余計な口は利かぬことだ。言われたことを淡々とこなしておればよい。ましてや役所を変えようなど、ゆめゆめ思うでない」

「宮下さんは、それで辞めたのですか」

「はて、どうだったかな」

「公儀は何を言っても、何もしない。だから、辞めたのではないのですか」

「そんなに俺のことを聞いてどうするつもりだ」

　呆れ顔になって宮下が呟くように言うと、薙左はきっぱりと、

「役所を動かすためです」

「………?」

「あなたは隠密廻り筆頭として凄腕だったと聞いています。その人をして、自ら率先してやろうとしていることは正しいことだ。そう世間に訴えるのです。町人たちは、なんだかんだと言って、お上に不満を抱いています。私も二親を亡くしてから、あちこち預けられました

から、少しは世間というものを知っているつもりです。町人たちの力は凄いものがあります。みんなで結束して訴えれば、お役所は動くものです」

「その世間とやらが、この村のためには動かないのだ」

「だから、音松という人だけが、村のために頑張ったのですか」

「そういうことだ」

宮下はすっかり雨に煙る川面《かわも》に目を移して、ぽつりぽつりと語った。

「おまえも調べているだろうが、俺がこの村に潜伏したのは、音松を張り込むためだ。奴だと確信すれば捕らえるか、逆らえば斬《き》るつもりであった」

「斬る……」

「さよう。咎人ゆえな、逃がす訳にはいかなかったのだ」

ポンと鼓《つづみ》が鳴るように舌打ちして、宮下は爪の中まで汚れた手を水桶《おけ》から柄杓《ひしゃく》で掬《すく》った水で洗いながら、

「奴は……音松は、どうってことのない奴だったんだ」

「どうってことのない？」

「ふむ。俺はてっきり、上州の暴れ者の渡世人だと思うていた。だが、気の弱そうな、虫も殺せない、どちらかというとドン臭い男だった」

「そうなのですか」

「しかも、舌がろくに回らない口下手でな、人とうまく言葉を交わすこともできない。頭も弱そうだった」

「…………」

「しかし、奴はどこで覚えたか、こうやって土嚢を土手のように積み上げるのが得意でな。ああ、上州でもたまに荒川の鉄砲水で被害があるからな。しかし、奴一人が黙々と土嚢を積み始めた。少しでも水害を減らしたい一心からだった」

「その遺志を引き継いでいるのですか、宮下さんは」

「まあ聞け、若造」

と自嘲気味に笑ってから、「音松は、お上に盾突いてまで米を農民らに配った、いわば義賊みたいなものだ。その心根を慕ってくる者も多かった。だから、こつこつと土嚢を積んでいたら、噂《うわさ》を聞きつけて手助けをしに来る者も現れた。奴に子分がいたわけではないが、音松を男と見込んだ渡世人たちもいて、しまいには百人からの大勢の者が集まって来て、川の堤を補修したのだ」

「そうだったのですか」

「ああ。しかし、それを遠目に見ているだけで、またぞろ何かしでかすに違いない、と音松村以外の人たちは恐れたのだな。それで、お上にお恐れながらと訴え出た者たちがいる。ま、それはそれで結構な話だが、奉行所の方も、不逞の輩を放置しておく訳にもいくまい。だから、俺も率先して、音松の素行を洗っていたのだ」

「でも、事実は違った」

「ああ、そうだ。音松がやったことは、公儀が見捨てた人々を、公儀が見捨てた村を、たった一人で救おうとした。それだけのことだ」

薙左は打たれたように深い溜息をついた。

「宮下さんが、土嚢に拘《こだわ》る訳が分かりました。供養のためでも、村人を思うためでもない。きっと、自分のためなのですね。捕縛すべきでない者を、隠密廻りの仕事とはいえ、罠にはめてまで捕らえたことへの……」

「みなまで言うな」

「はい」

「おまえはまだ若い。だから、分からないかもしれないが、人間にはたったひとつの過ちのために、生き直すことができなくなることがある。世間が許さないのだ。しかし、音松はそれでも前向きに生きようとした。前向きにまっすぐ。正しい男だったのだ」

「だったら、どうして、もっと声を大きくして言わないのです」

「声では届かぬからだ」

「え……？」

「見てみろ……」

宮下は川と反対の方の小窓に寄って、指差した。そこには肩を寄せ合うように小さな小屋が並んでいる。

「自分たちのことなのに動こうとしない。亀のように引っ込んで、何か起これば人のせいにする。音松が助けようとしたのは、そんな奴らだったのか……そう思うと不憫《ふびん》でならないのだ」

薙左もじっと雨に煙る小屋の方を、無念そうに見やった。

「しかしな、若造。音松という人間は、そんなことなど一向に気にしてなかった。誰かに喜ばれるからとか、自分が偉いと言われるからとか、そんなせせこましい考えで、この村を救ったのではない。俺がやらなきゃ誰がやる……ただ、それだけだった」

「俺がやらなきゃ……」

「だから、町方にしょっ引かれるときも、文句のひとつも言わなかった。たった一言……処刑される前に、『誰か俺の代わりに、あの村をよろしくお願いしやす』とだけ言って、三尺高い所に……。てめえの生まれた村でも何でもないのに、どうしてそこまでと俺も考えた。

だが、分からぬ。それを分かりたいから、こうして土嚢を積んでるのだ。ばかと思われるだろうがな」

静かに話した宮下の無精髭だらけの横顔を見て、薙左は何も言えなかった。ただ、熱いものが胸の奥に広がっていた。

五

その翌日のことである。川が増水して、宮下が積んだ土嚢も虚《むな》しく崩れ、じわじわと音松村の方へ浸水が始まった頃だった。

塵芥を不法に捨てた咎で、一人の男が南町奉行所同心に捕縛された。

弥吉《やきち》という鋳掛屋《いかけや》である。鍋《なべ》や釜《かま》を修繕して歩く職人だが、大した技能があるわけではなかった。しかも、片腕が不自由なので、いい仕事ができるのを望む方が間違いなのだが、素《そ》朴《ぼく》で愛嬌《あいきょう》がある人柄なので、同情して使われていたのだ。

小名木《おなぎ》川が隅田川に流れ出る河口、橋番のはす向かいに白身番がある。弥吉はそこで取り調べられていた。

「冗談じゃありやせん。あっしはご覧のとおり、片腕がうまく動きやせん。あんなでかい塵芥をどうやって運ぶんです」

　捨てられていた塵芥は、明らかに何処かで取り壊した屋敷や蔵の廃材である。

「それに、あっしは鋳掛屋ですよ。どんなものでも大切に使い回すために、修繕してるんです。めったなことじゃ、モノを捨てたりなんざできねえ性分なんですよ。旦那、分かって下さいよ」

　と弥吉は、宇佐美《うさみ》という南町同心にすがりつくように申し述べた。体が不自由な上に、後ろ手に縛られたままである。その前にデンと構えて座っている宇佐美の手には、木刀が握られていた。いつでも殴りつけてやるとばかりに、土間をトントン突いている。

「本当にあっしは何も知りません。勘弁して下さいよ、旦那」

「この期《ご》に及んで、知らぬ存ぜぬか。往生際の悪い奴が俺は一番嫌いなんだ」

　宇佐美は弥吉の悪い方の腕の根っこをぐりぐりと木刀の先で押しながら、

「なあ、俺はどうでも、おまえに正直に吐かせたいんだよ。でないと、こっちのクビが危ないのでな」

「そんな、あっしは何も……」

「舐めるなよ！」

　バシッと柱を叩いた宇佐美の木刀にひびがはいった。柱の方も鋭く抉《えぐ》れている。

「おい。大人しくしてりゃ、つけ上がりやがって。おまえが塵芥を捨てまくってたのは、あちこちの人たちが見てるんだよ」

「あちこちって、あっしは江戸の町中を歩き回って、修繕するのが仕事なもので」

「舐めてるのか？」

「いいえ」

「俺はこの十手にかけて、おまえの行状を何日も探ってたんだ。何のために川に塵芥を捨ててるのかも分かってる」

「な、なんですか」

「音松村の奴らは仕事にあぶれてる。だが、溝浚いやら火事の後片づけには、あちこちから駆り出され、日銭を稼ぐことができる。だが、ここんところ、雨続きで火事はねえ。大工仕事も減ってるから、塵芥も出ねえ。そこで、おまえたち音松村の奴らが考えたのは、てめえらで川に塵芥を捨てて、汚し、そんでもって川を浚うという魂胆だ」

「そ、そんなバカな……」

「ああ。バカなてめえらが考えそうなことだ」

「言いがかりもいいところだ。俺たちは、そんな阿漕《あこぎ》な真似《まね》は……」

ビシッと今度は本当に肩に木刀を落とした。鎖骨が折れたかもしれない。それほど強くはないが、弥吉はそう若くはない。脆くなっている骨には、厳しい仕打ちだった。

「いて、いてえよ……」

泣き出しそうな声で弥吉は、何度もやめてくれと哀願した。だが、宇佐美はその都度、脇腹や首根っこを木刀で突いて、

「痛いのがいやなら正直に言え。こちとら、その気になりゃ拷問だってできるんだぜ。それを慈悲深いから、こうして、おまえが吐くのを待ってやってるんじゃないか」

「う、うう……」

「川に塵芥を捨てるのは重罪だ。知ってるだろう。事と次第じゃ、遠島どころか死罪にだってなるんだぜ」

御定書によると死罪になることはないが、塵芥が原因で疫痢などを広めた場合は、死罪が相当になることもある。

「どうだ。やったのか、えっ!?」

木刀で二、三発背中を打たれて、今度は頭を叩かれそうになった。やめてくれと叫んで、やったと弥吉が頷いたときである。

サッと表戸が開いて、薙左が踏み込んで来た。勢い余って、土間から上がり框《かまち》に土足のまま上がらんばかりであった。

「なんだ、おまえはッ」

宇佐美が問い終わる前に、薙左の方から、鋭い声で名乗っていた。

「船手が何の用だ」

「何の用だ、ではないでしょう。こうやって無理無体を通すのが町方のやり方なのですか。当人は何もしていないと言っているではないですか」

「盗み聞きしていたのか」

「私だけではない。ご覧下さい」

と開け放ったままの表戸の外を指し示した。遠巻きに恐る恐る見ている町人たちがいた。薙左はその人々を見せて、

「この人たちにも、堂々と言えますか。木刀で脅して白状させることが、まっとうだと言えますか」

「バカモノ！　これも探索のひとつだ。それに、こやつは今し方、頷いたぞ。己がやったと認めたのだ」

「こんなモノでぶっ叩かれれば、誰だって嘘《うそ》を言いますよ。なんなら、あなたにもやってあげましょうか」

「なんだと、若造ッ」

宇佐美は少し気色《けしき》ばんで、ぐいと木刀を握り直すや、すぐさま薙左の肩を目がけて打ち落としてきた。素早くかわした薙左は、その腕を摑んだまま表に引きずり出すなり、足払いをして背中から倒した。

湿っている道なのに、砂埃が上がったように見えた。

薙左は小野派一刀流の免許を極め、関口流柔術も師範並みの腕前であった。力任せに打ちつけてくる者を倒すのは簡単である。相手の勢いを利用して、その場に打ち崩すことができるので、どんな大男でも素早く倒すことができた。

もちろん、船手奉行所同心だから、水の中の戦いも心得ている。水の中は、それこそ力任せでは戦えない。下手に力を入れると、動けなくなるのだ。

「き、貴様ッ！」

這《は》うように立ち上がった宇佐美は腰から真剣を抜き払った。

よほど自尊心が傷つけられたのであろう。刀を抜くことが何を意味しているのか、分かっているのかと薙左は諭すように言った。その生意気な口ぶりが、かえって宇佐美を興奮させた。

「キエーイ！」

裂帛《れっぱく》の叫びで薙左に真剣で打ち込んでくる。腕には覚えがあるようで、出鱈目《でたらめ》ではない。

恐らく念《ねん》流を基礎とした実戦剣法である。間断なく襲ってくる剣先を、わずかに見切っていた薙左だが、鬼のように顔を真っ赤にして立ち向かってくる宇佐美の猛烈さには、思わずたじろいだ。

——このままでは本当に斬られる。

そう思って腰の刀に手をあてがったとき、

「待て、二人とも！」

と鋭い声をかけてきたのは加治だった。

「誰だ、貴様」

見れば船手与力だと分かりそうなものだが、宇佐美は意固地になって切っ先を向けた。

「船手奉行所与力、加治周次郎。うちの同心が何かしたのかな？」

「何かの段ではない。町方の取り調べにケチをつけおった」

役所が違うとはいえ、与力と同心では身分が違う。だが、宇佐美は悪びれる様子もなくぞんざいに言い放った。加治は自身番の中をちらりと見て、縛られたままの弥吉を確認すると、

「その男のことなら、船手でも調べてみたが、塵芥を川に捨てたという証《あかし》はない。別の者がやった節もあるので、鋭意調べておるところだ」

「別の者だと？」

訝しげな目になった宇佐美に、加治はずいと近づいた。真剣の刃など恐れていない。いや、むしろ斬れるものなら斬ってみよと挑発するような動きだった。

「町方がその男を疑ったのなら、船手としては文句をつけるつもりはないが、きちんと法に則《のっと》って調べるべきだな。それとも、そやつを咎人に仕立てたい訳でもあるのか」

加治の言い草には鋭い棘《とげ》があった。いわゆる〝誤認〟ではなく、まるで宇佐美が偽の咎人を作りだそうとしているとでも言いたげであった。

「いくら与力様でも聞き捨てなりませぬぞ」

「どうする。斬るか」

宇佐美は切っ先をもう一度、向けた。だが、加治の淀みのない目付きには、微塵の隙《すき》もないことを察知したのであろう。宇佐美はおもむろに刀を鞘《さや》に戻して、

「今度だけは、与力様の顔を立てましょう。しかし、船手ごときが町方の探索に口を挟むと、いずれ痛い目を見るのはそちらですぞ」

「そっくりそのまま、言葉を返す。河川の塵芥の扱いは船手の縄張り。うちのお奉行もかなり偏屈なのでな、咎人をしょっ引いたまま何の挨拶もないのを、いたく不愉快に思うておられる。南町のお奉行直々に談判しておるゆえ、おぬしの方こそ覚悟しておれ」

南町奉行は悪名高い鳥居甲斐守耀蔵《とりいかいのかみようぞう》である。老中水野忠邦《みずのただくに》のもと、綱紀粛正政策を施す一

方で、幕府に対する異分子の弾圧を繰り返していた。法も厳しく取り締まり、江戸町人にとっては怖くて厄介な存在であった。

「加治様とか言われましたな。そのようなことを言って、後で後悔しますぞ。そもそも、船手がとろとろしてるから、町方が出向いたまで。そこのところをよく心得て下され」

意味ありげにほくそ笑むと、自身番には戻らず、そのまま立ち去った。

——太々《ふてぶて》しい態度には何か裏があるのか。

と加治は気になったが、とりあえず弥吉を拷問から救うことはできた。

「カジ助、あ、いえ、加治様。ありがとうございましたッ」

と薙左が直立して頭を下げるのへ、加治は苦々しい顔になって、

「やるなら、徹底してやれ」

「はっ？」

「塵芥を掘割や川に落とした一件の裏には何かある。恐らく、おまえが考えているとおりであろう」

薙左は加治が理解してくれていると思うと、ほんの少しだけ嬉《うれ》しかった。

「加治様……」

「余計なことは言わずともよい。まずは、そうだな、今の町方同心の身の回りから洗ってみ

ることだな」

六

富岡八幡宮は寛永四年（一六二七）に建立された、応神天皇を祀る大社で、江戸三大祭のひとつとして親しまれている。祭りでもないのに、境内はいつも賑《にぎ》やかで、両国橋の盛り場までいかなくとも、参道や表通りは料理屋や茶屋、矢場、居酒屋などで賑わっていた。

その辺りと、深川七場所と呼ばれる遊女街を取り仕切っている〝本所《ほんじょ》の伝蔵《でんぞう》〟と呼ばれる親分がいる。もう二十年近く、八幡宮界隈の顔役として知られていたが、近頃は寄る年波には勝てず、半ば隠居状態で、代貸しの浜吉《はまきち》が差配を任されていた。

伝蔵と違って、ぬらり浜吉と呼ばれて大人しそうに見えるが、渡世稼業仲間からは、

――喧嘩ッ早い。

ことで知られていた。体がドッシリとして腕っ節が強いのは言うまでもないが、一度、睨んだら蛇のように食らいついてくる。万が一、喧嘩に負けても、執拗に復讐《ふくしゅう》を企ててくるから始末に負えなかった。だが、浜吉がいたからこそ、伝蔵の縄張りも維持できていたので、親分も少々のことには目をつむっていた。

薙左が浜吉に接触したのは、南町同心の宇佐美の身辺を探っていて、浜吉との繋がりを摑んだからである。

「旦那ですかい……。船手奉行所の同心がいらっしゃるというから、どんな強面かと思っておりましたが、これはこれは真面目《まじめ》そうな若者じゃありやせんか」

丁寧《ていねい》な口調で言っているが、眼光は人を恫喝《どうかつ》する鈍い光を放っている。極道者として自信に満ちた顔つきである。昔つけたのであろう顎《あご》の下の切り傷は、まるで武勲《ぶくん》の名残であった。

浜吉の馴染《なじ》みの小さな船宿である。浜吉の女がやっている店で、小名木川に面して、小ぶりの屋根船をひとつだけ置いていた。船宿というよりは、何か悪さをした時に逃げ込む隠れ家の風情があった。ゆえに、屋根船も小回りのきく、逃げ足の速そうな形をしていた。

「南町の宇佐美さんとは、昵懇の仲だそうですね。以前、本所廻りをしていた頃に、随分、一緒に酒なんぞを飲んでいたそうですが」

「宇佐美……ああ、知ってはいやすがね」

惚《とぼ》けながらも、それがどうしたと薙左のことを凝視していた。そして、もう一度、

「旦那のようなお若い人がねえ」

と続けた。船手奉行所と言えば、誰もが敬遠する強面で、タチの悪いのが揃《そろ》っていると噂

されている。吹き溜まりと言われているくらいだから、一筋縄でいかない役人が多い。もし、船手奉行所内の一角を覗《のぞ》いたならば、

――ここは、お上に隠れて開いてる賭場《とば》か。

と思えるような俗悪な雰囲気が漂っている。真っ昼間から酒を飲みながら、花札をやっている者もいるからである。二年ほど前、浜吉も一度だけ、抜け荷の疑いで船手奉行所に連れて行かれたことがある。その時には、奉行の戸田に直々に取り調べられたが、殺されるかと思うくらい拷問を受けたという。

奉行が拷問を行うなど、薙左には信じられなかったが、

「いいんだ。こいつは人間じゃねえ」

と時々、自分勝手な理屈をつけて、咎人をいたぶることもある。しかし、大抵、奉行の睨みは当たっていた、致命傷を与える前に、咎人は白状してしまうのだ。

「だからよ、お若いの。おまえさんは、宇佐美の旦那の拷問を止める道理はねえんだよ」

つい口が滑った浜吉に、薙左は鋭く返した。

「さっそく耳に入ってるンだ。そんな仲なんですね」

浜吉はわずかに白けた顔になった。相手が若造なので、俄に舐めたような口調で、

「で、何を訊きたいんだ」

「あんたの子分が、小名木川に塵芥を捨てたんですよ。あちこちから掻き集めてきた、廃材をね」

「なんだと?」

「ご存じのとおり、この川は底が浅く、すぐ船が通りにくくなる。それを承知で、そんなことをされちゃ困る。ねえ、親分さん……」

薙左はあえて、親分、とくすぐるような声で言って、「どうして、そんなことを子分にさせたのです?」

「何の話か知らねえが、俺は見てのとおり、船宿もやってるんだ。川や掘割は誰よりも大切にしてるんだよ。そんなことをしやがったのは、音松村の者たちだ。町方でもそう調べがついてンじゃねえのかい」

浜吉はまったく目を逸《そ》らさず、自説を述べるように淡々と語ったが、薙左には虚しく響いただけであった。

「それが違うんですよ、親分」

「若いくせに、勿体《もったい》つけねえで言いな」

「実はもう、親分の手下を二人、船手で捕らえて調べているんですよ。亀助《かめすけ》と文次郎《ぶんじろう》。知ってますよね」

「亀助と文次郎……顔を見れば分かると思うが、名まではな。なにしろ、うちには三百人から出入りしてるんだ。皆まで覚えちゃいねえよ」

「でも、そいつらは白状しましたよ。すべては、浜吉親分、あんたに命じられたままにやったとね。伝蔵親分が知っているかどうか、そこまでは知りませんがね」

「若造……俺を脅してるのか」

ギラリと光った鋭い目は、人を何人も殺《あや》めてきたような獰猛《どうもう》さがあった。薙左は背中がひんやりとなったが、たじろいではそれこそ舐められてしまう。

「浜吉親分を責めるつもりはありませんよ。どうせ裏で糸を引いてたのは、南町の宇佐美さんでしょう？　違いますか」

「…………」

「宇佐美さんは、昔馴染みの浜吉親分に、川に塵芥を捨てるように命じた。いくばくか金も出たんでしょう。もちろん、弥吉たち音松村の者のせいにして捕縛し、その他の者たちも、音松村に乗り込んで立ち退かせるためだ。あんたはそれに利用された。違いますか」

「下らねえことをグダグダと……。亀助と文次郎って奴が塵芥を捨てたのなら、そいつらに罰を与えればいい。俺は何も知らん」

浜吉はきっぱり言うと、隣室に控えていた数人の若い衆に、

「旦那がお帰りだ。案内してやんな」

「そうですか。白を切るなら仕方がない。こっちもそのつもりで、探らせてもらいます。なにしろ、音松村の人たちの暮らしがかかってるんでね」

言うなり薙左は立ち上がると、浜吉の腕を取ってねじ上げた。

「船手まで来てもらいましょう」

船宿の裏手の水路には、船手奉行所の小舟を着けている。船頭の世之助《よのすけ》が煙管《きせる》をくわえて待機していた。世之助は、元は御召御船上乗役というれっきとした御家人だったが、ある時、武士を捨て、今は船手奉行所の船頭として尽力している。操れない船はないほどの腕前である。

「ふざけるな。何様のつもりだ！」

抗《あらが》う浜吉は、薙左を突き飛ばした。途端、若い衆が匕首《あいくち》を抜き払って立ち向かおうとするが、薙左は鋭く刀を抜き払って、数人の子分たちの足首や膝《ひざ》を斬った。

パッと鮮血が障子に飛んで、床に転がる若い衆を踏み台にして、浜吉の肩をバッサリと斬った。いや、一瞬のうちに峰に返して、ゴキッと鎖骨を折っただけだった。それでも激しい痛みが走ったようだ。叫ぶ浜吉に、

「男を売っている割には、随分と情けない声を出すんですね。そっちが大人しくしないから、

いけないのです。私もたまには乱暴にせざるを得ない。殊に、あんたらみたいな、話しても分からぬ奴らにはね」

と投げつけるように言って、浜吉の襟首を摑んで、船着場へ引きずるようにして向かった。

その様子を見ていた世之助は、

「相変わらず無茶をしやがるぜ」

と鼻白んだように言うものの、まんざらでもない顔つきで、小舟に乗せようとした。

その前に、ぶらりと現れて立ちはだかった侍がいた。

南町同心の宇佐美である。

世之助が一瞬、緊張して見る前で、薙左は毅然《きぜん》と言った。

「どいて下さい、宇佐美さん。あなたの出る幕ではありませんよ。いえ、あなたとの関わりを調べるためにも、この浜吉に話を聞かなければなりません」

「俺とのだと？」

「そうです」

「船手の探索の邪魔をするつもりはない。その前に、こいつは南町で調べさせてもらう」

「順序が逆です」

「こっちはな、早乙女とやら……このとおり、鳥居様から直々の捕縛命令が出てるのだ」

と宇佐美は直筆の書付を見せた。

虚を突かれた薙左がたじろいでいる隙に、宇佐美は浜吉の腕を摑んで引き寄せた。

「そんな……」

「乱暴はよして下さいよ、旦那ッ」

と浜吉は鎖骨の痛みを訴えて、苦々しく顔を歪めていた。その耳元に、宇佐美は何やら囁《ささや》いた。次の瞬間、ぎらりと目が輝いて、浜吉は宇佐美の胸を突き飛ばすと、一日散に近くの路地へ駆け込んだ。

「あっ、待て！」

薙左が走り出す前に、宇佐美も追って路地に踏み込むなり、逃げる浜吉の背中をバッサリと斬った。

「うぎゃあッ」

悲鳴を上げてのたうち回る浜吉の胸に、宇佐美はグサリと止《とど》めを刺した。ほんのわずか遅れて来た薙左は猛然と宇佐美に躍りかかり、

「何をするのですか！」

「放せ、無礼者！　こやつは、逃げようとした上に俺に斬りかかってきたのだッ」

「嘘をつくな！　あんたは、〝逃げろ〟って、そう浜吉に囁いたじゃないか」

「バカを言うな。こんな腐れ外道、お上の手を煩わせて死ぬのがオチよ。ケッ、面倒かけやがって」

死人に笞打《むちう》つように浜吉を蹴って、興奮が収まらず肩を震わせている宇佐美を、薙左は怒りの目で睨みつけた。

七

船手奉行所の表門、通称〝朱門〟を出て鉄砲洲稲荷に向かい、そこから二町ばかり進むと、『あほうどり』があった。

船手奉行所の役人たちが立ち寄る小料理屋で、女将《おかみ》のお藤《ふじ》が一人で切り盛りし、さくらという住み込みの小女《こおんな》を一人置いているだけであった。

女所帯で物騒だが、船手の猛者《もさ》どもが出入りしているので、妙な客に絡まれることもなかった。

「ふざけないで下さいッ」

薙左は珍しく荒れていた。目の前で、おめおめと有力な証人を殺されたからである。しかも、同じ御公儀に奉職している同心の手によって、あっさり消されたのである。

「そうです。消されたンですよ。あいつは……宇佐美は、自分の不手際がバレると思って、わざと斬ったんです、浜吉を！」

ろくに飲めない酒をもう二合も呷《あお》るように飲んでいる。

相手をしているのは、加治である。お藤が作った里芋と烏賊《いか》の煮っ転がし、それから鰯《いわし》のたたきを生姜醤油《しょうがじょうゆ》でつまみながら、清酒を舐めていた。

「悔しくないのですか、カジ助」

「おいおい。案外、酒癖が悪いのだな」

「どうなんだ、答えろ。でないと、俺たちは一体、何なんだ……。町方にバカにされるだけの役所なのかッ。俺は、音松村の人たちの行く末を案じているだけだ。あの宮下様と同じ気持ちで、なんとかしたいと思っているだけだ。それのどこが悪いンだ」

「もう、そのくらいにしとけゴマメ」

「ゴマメじゃない」

「文句を垂れてクダを巻いてるなんざ、その辺のオヤジと同じだ。酒なんぞに溺《おぼ》れず、寸暇を惜しんで探索するのが、おまえの仕事じゃないのか」

「宇佐美の言ったとおりだ。船手がぐずぐずしてるから……」

「いい加減にしろ」

加治はバンと卓を叩いて立ち上がった。

「自分で漕ぎ出した船じゃないのか。人のせいにして櫓を放す奴を、後押しするつもりはない」

「結構です。どうせ私は……」

薙左も立ち上がろうとしたが、足元がふらついてすぐに腰が砕けた。厨房から出て来たお藤が、カリッと揚げた穴子の天麩羅《てんぷら》を加治の前に置いて、

「なんですよ、加治さんまで大人げない」

「うむ。なかなか美味《うま》そうだな」

穴子にかぶりついた加治は、満足そうに笑みを浮かべて、

「いやいや、女将の穴子はいつ食ってもたまらん」

江戸前の穴子は小ぶりだが、身がシャキッとしていて、揚げるとほくほくしている。加治は火照《ほて》った女の体だと喩《たと》えることがあるが、

「話を逸らさないで下さいな、旦那。ゴマメちゃんが悩んでいるんですから、少しは上役らしく話をしてあげたらどうです？」

「酒で憂さを晴らす奴は嫌いでね」

「あら、加治さんも若い頃は随分と、酒を飲んでは暴れてたんじゃないの」

「俺のことはいい」

「さ、ゴマメちゃん。あなたの好きな穴子ですよ」

お藤の優しい声に、とろんとなった目を向けて、

「ご馳走さまです」

とガリッと噛んだときである。暖簾《のれん》を潜《くぐ》って鮫島が入って来た。胡麻油のいい匂いがすると舌なめずりしてから、

「宇佐美には何の咎めもなかったぜ」

と鮫島が言うと、加治は穴子を食べながら、

「やはりな」

「そう読んでたんですかい？」

「南町の鳥居様なら、やりかねまい。元々、あの音松村辺りの住人を、なんとかして追い出したいと考えているからな」

「あら、どうして？」

お藤が問いかけると、鮫島の方が答えた。

「新しい水路を造るためだ。もっとも、そんなことをすりゃ、もっと水浸しになる。しかし、荒川から江戸川、そして隅田川を繋ぐ水運には便利になるかもしれねえ。しかし、その裏で

は、より多く荷船を出せる船主と公儀の普請を請け負う業者が、金蔓《かねづる》になると思って立てた計画だ」

「そうなんですか。だったら、音松村の人たちの行く先を、御公儀が探してあげればいいじゃない。ねえ」

「そんなご丁寧なことをするはずがない。御公儀も近頃は、金にならねえことはしないんだよ。悲しいことだがな」

「変な話よねえ。幕府の財政をきりつめると言いながら、町人からの冥加金《みょうがきん》は増やすくせにね。年貢だけでは立ちゆかなくなったということなの？」

「うむ。旗本や御家人も半分は遊んでるようなものだからな」

と加治が付け足すと、お藤は笑って、

「旦那方は大丈夫なんでしょうね。船が難破でもしない限り、お働きになるところをなかなか見ませんから。ふふ」

「冗談じゃない。俺たちが何もしない時こそ、平穏無事ということだ」

加治が言い返す言葉尻を取るように、鮫島が話を続けた。

「それが平穏無事でいかなくなりそうだぜ」

「どういうことだ」

「南町同心の宇佐美は、音松村にいる宮下裕作とはかつての同僚だ」

「そんなことは分かってる」

「ただの奉行所仲間じゃない。ある事件をキッカケに反目し合っていたというんだ」

「ある事件とは」

「加治さんも知ってるだろうが、南町奉行の鳥居様が小伝馬町送りになるはずの者たちを集めて、密偵として町場に放っていた事件が発覚したことがあった」

「ああ。命と引き替えに、反幕分子の輩を捕縛したいがため、だったな」

「そのことで、宮下は鳥居様に直《じか》に進言したことがある。罪人を町場に放つことは、毒には毒を以《もっ》て制するに似ている。幕府に不都合な輩は見つけることができるかもしれないが、町人にとっては危ういことこの上ない。凶悪な者たちが潜んでいるのだからと」

鮫島は宮下のことを快く思っているわけではないが、少なくとも宇佐美よりはマシだと感じていた。宮下の進言をまったく聞き入れなかった鳥居は、隠密廻りの〝妬《ねた》み〟にすぎないと一蹴した。そして、町場に放った咎人の監視は、

「心配せずとも、宇佐美らが目を光らせている」

と逆に諭《さと》したのである。

しかし、宇佐美は監視するどころか、不逞の輩と裏取引などをするようになり、不法な賭

場や岡場所などを見逃し、相当な見返りを貰って懐にしていたのである。ならず者の浜吉らと手を結んだのも、特別な立場にいたからだった。

「そのことを知った宮下は、上役の与力に宇佐美の不正を報せた。それも隠密廻りの仕事ではあったが、宇佐美としては仲間に裏切られた気がしたんだな」

鮫島は憎々しげに頰を歪めて、「本当に下卑た野郎だぜ、宇佐美は。己が犯した罪をすべて宮下のせいにしたんだ。鳥居様の方もそれを承知で、素知らぬ顔をしていた節がある。業を煮やした宮下は、直属の与力に何度も訴えたが、上役もどうしようもなかったんだろうな」

「だから、奉行所を辞めたというのか」

「表向きの理由は、役所に居辛くなったというところか。しかし、宮下はそんなタマじゃないはずだ。周りの者たちに訊けば訊くほど分かったが、筋金入りの唯我独尊という奴だ。役所ぐるみのやり方に嫌気がさしたんだろうよ」

「ふむ、サメさんもその口だな」

「俺はそんなに潔くない。宮下は奉行所に辞表を出すと、妻子とともに音松村に身を寄せた。これは、音松を〝売った〟ことへの申し訳ない気持ちからのようだ。ところが、その後……」

鮫島が口を濁ませると、加治は不思議そうに見やって杯を傾け、

「なんだい」

「……宮下が辞めた後に、上役の与力も何者かに殺されてたんだ。いや、奉行所には病死と届けられてるが、辻斬《つじ》りか何かに遭って死んだらしい」

「辻斬り……」

「仮にも奉行所与力が辻斬りに殺されたとあっちゃ武門が立たねえからな。だが、その与力も、鳥居様を笠に着た宇佐美の裏の顔を知ってる。もしやと思ってな」

そこまで話したとき、卓にうつ伏せていた薙左がふいに顔を上げた。

「そこまで分かったなら、すぐさま宇佐美を捕らえて、すべてを白日の下に晒してやって下さい。与力を殺したのも、宇佐美に違いない。カッとなったらすぐ刀を抜く……それが、あいつの本性なんですよ。鳥居様はそれをうまく使ってるんですッ」

興奮気味に捲《まく》し立てた薙左の両肩を、加治は押さえつけた。

八

その次の日も、また次の日も、宮下は土嚢を積み続けていた。

土にまみれて汗だらけの腕で顔を拭って振り返ると、宇佐美が手下の同心一人と数人の捕り方を連れて立っていた。深く寄せた眉間《みけん》の皺には、

――意地でも捕らえる。逆らえば斬る。

という決意がギラギラと表れていたが、宮下は、相手にせぬとばかりにそっぽを向き、土嚢を積みに戻った。

「宮下。おまえなら、俺の立場が分かるな」

「…………」

「正直に言おう。音松村の者を、掘割に塵芥を投げ捨てた輩に仕立てようとしたのは、その先があるからだ。是が非でも、音松村の中に潜んでいる反幕分子を捕らえんがためだった。奉行所内では、おまえが煽《あお》っていると噂している者もいる」

「この村にはそんな大層な奴はいない。暮らす所がない奴らだけだ」

「厄介な芽は早いうちに摘んでおかねばならぬ。かつては、おまえもそう信念を持っていたではないか」

宮下はあくまでも淡々と、背中を向けたままで、

「悪い芽と決めつけた方がどうかしていたのだ。俺は、ここで暮らして分かったのだ。何度も言うが、音松村の者たちは、自分の故郷が欲しいだけなのだとな」

「そんな甘っちょろいことを言ってるから、女房と子供を鉄砲水に流されるのだ」

宇佐美が揶揄《やゆ》するように言うと、宮下は鋭い目になって振り返った。だが、宇佐美も怯む様子はなく、

「おまえが殺したようなものだ。こんな危うい所に住まわせたおまえのせいだ」

「なんだと？」

「つまらぬ渡世人に情けをかけたがために、一番大切な妻子を亡くした。大として、父として、最もつまらぬ男だということだ」

「……貴様ッ」

匕首《あいくち》を取り出した宮下を見て、宇佐美は半歩、下がった。相手の腕前は十分承知していたからである。

「おまえは音松村のことを思うているのであろうが、人々はどうだ。知らぬ存ぜぬではないか。誰がこんな土嚢をバカみたいに積み上げたりするものか。水嵩《みずかさ》が増せば、どうせまた流されるだけではないか」

と宇佐美が言った時、宮下が立っている土嚢の向こう側から、

「えんや、ほらや、どっこいしょの、ほらや。えんや、ほらや！」

と威勢のよい掛け声が聞こえてきた。しかも、生半可な数ではない。何十人、いや何百人

もの声がする。

　宇佐美が思わず土嚢を駆け上がって、その向こうを見ると、眼下に広がる河川の両岸に、数百人の人々がずらりと並んで、せっせと土嚢を積んでいるではないか。

　褌《ふんどし》一丁の男も、女たちも、まるで蟻のように土手に群がって、せっせと運び、積み上げている。微《かす》かに切れた雲間から射し込む陽射《ひざ》しを浴びながら、大勢の人々が力を合わせて、俄に土手が盛り上がったように見える。その光景は壮観で、宇佐美は思わず声を失った。そして、たじろいだように後ずさると、

「どういうことだ」

　と口の中で呟いた。

その宇佐美の背後に立った薙左は、瞳を輝かせながら、

「どうやら、宮下さんの思いは通じたようですね」

苦々しく、さらに眉間に皺を寄せる宇佐美に、薙左は詰め寄った。

「あなたが……いや、鳥居様が恐れていたのは、こういうことではないのですか」

「…………」

「名もなき人たちが、多くは語らぬ代わりに、こうして動く。情けを掛け合う。力を合わせる。そして、大きなうねりとなる。その前に、潰したかったのではないですか？」

「何を言う、若造」

「ならば、この地を公儀の力で、みなが住める所に変えればどうですか。あなたに言っても仕方がないことでしょうが、特定の利権を持つ人たちにではなく、本当に困っている人のために、力を貸してくれることはできませんか」

「青臭いことを……」

「だったとしてもです！」

薙左は宇佐美に突っかかる勢いで、『あなたは、お奉行の言いなりになっただけ。今なら、まだ力になれますよ。宮下さんがかつてしたように、お奉行に進言してみては如何ですか。自分の目で音松村を見れば分かることじゃないですか。こうして力を合わせているのをお奉行にお伝えするだけでも、心を動かせるのではないですか！」

「黙れ。何を今更、ごちゃごちゃと……」

「だったら言いましょう」

と薙左はまるで罪人に裁断を下すように言い切った。

「あなたは、与力まで殺した。辻斬りに見せかけてね」

「なんだと？」

「それも、お奉行の命令だったのではありませんか？」

しばらく沈黙が続いたが、宇佐美は相変わらず険しい目つきのままで、

「人を見てモノを言えよ、若造」

「違いますか！」

宇佐美がまたぞろ腰の刀に手をかけたときに、先に匕首を突きつけたのは宮下だった。しかし、それに構わず刀を抜き放ち、薙左に斬り込む宇佐美の剣を、宮下は弾《はじ》き飛ばした。

次の瞬間、宇佐美の鳩尾《みぞおち》を刀の柄《つか》で強打して、その場に組み伏した宮下は、手下の同心や捕り方たちを牽制しながら、

「すぐ刀を抜くこいつには困ったものだ」

と窘《たしな》めるような口調で言った。

「昔からそうだった。自分の立場が悪くなると、口より先に手が出る。しかしな、早乙女とやら……」

言われて宮下を見やった薙左は、宮下の放心したような表情に、どういうわけかたじろいだ。精気がなくなっていたからである。

「よく聞け、若造。与力を殺したのは、宇佐美ではない」

「どうして、あなたが知っているのですか、宮下さん」

「斬ったのは、俺だからだ」

「えッ……!?」

衝撃よりも、疑念の思いの方が多かった。いや、信じられなかった。

「なぜ、です。あなたが……このように村のために一生懸命やっているあなたが、人を殺すはずがない」

「簡単な話だ」

「ど、どういうことなんです」

「俺もこいつと同じで、カッとなれば腕にモノを言わせる、胆力のない人間だということだ。あの与力は、俺のせいで奉行所を辞めさせられるはめになったと逆恨みをしていた。ああ、下々の思いを奉行にまともに伝えないのは、与力として失格だと罵《ののし》ったからな」

「………」

「柳原の土手でバッタリ遭った与力は、俺にいきなり斬りかかってきた。それをとっさに返り討ちにしただけだ」

「う、嘘でしょ?」

「いや、本当だ。俺はおまえが考えているように、偉くもなければ、我慢強い男でもない。一時の感情で、妻子を失う失態を生じ、上役を斬る愚行も犯した。だから、せめて音松のように、名もなく力もない一人の人として、できるだけのことをして死にたい……そう思うようになったのだ」

「それが、あなたの言っていた、少しでもよい世の中にして……というやつですか」

「どうなるかは分からぬがな」

宮下は溜息をつくと、土嚢を積んでいる人々の姿をもう一度、見やった。そして、微かに目を細めて、

「俺は……あの人たちを騙《だま》したことになるのかもしれんな」

としみじみと囁いた。

薙左は否定するように首を振ったが、己の考えが足りなかったことに愕然《がくぜん》となって、その場にしゃがみ込んだ。

善悪で割り切れぬものを感じたからである。

「俺は、己の中の悪くてどうしようもないものを抱えながら、少しでも人様のためにと考えていた。でないと、もっとどうしようもない人間になりそうだったからだ」

と宮下は、薙左の小さくなった背中を眺めながら呟いて、

「若造。おまえのお陰で、踏ん切りがついた。妻子のもとに行く決心が固まった」

「み、宮下さん……」

蹲《うずくま》ったままの宇佐美を引っ張り上げると、宮下は顔を突きつけて、

「どうする宇佐美。おまえは俺を捕らえに来たが、この場で斬り捨てても構わぬ。それとも、音松村を放っておくよう、強く鳥居様に進言するか。するなら、命を助けてやる。おまえは鳥居様にはえらく気に入られている。懸命に頼めば善処してもらえるのではないか。できないならば、そんな奴に用はない」

　鋭く叩きつけるように言うのへ、宇佐美は腰砕けになって哀願した。

「き、斬らないでくれ。なんとかする」

「浜吉を殺した訳も、世間様にはっきりさせるな」

「する。必ずだ。武士に二言はない」

「そんな言葉を、今時、信じる奴はいない」

「ど、どうすればいいんだ」

「俺と一緒に、鳥居様に嘆願書を残して腹を切れ。役人と元役人が体を張って、村を守ろうとしたのだ。世の中の人は必ずや、もっと立ち上がってくれるに違いない」

「無茶を言うな。い、いやだ」

「分からぬか。武士たるもの、己の信念を貫くときにこそ、腹を切るのだ」

「俺は、そんなものは……」

「ないか」

宇佐美は情けない顔になって、またずるずるとへたり込んだ。

「ならば……」

と宮下は静かに続けて、「おまえも音松村の〝恩人〟として、葬ってやるよ。それが、せめてもの罪滅ぼしだ」

「や、やめてくれ！」

叫ぶ宇佐美に、宮下が匕首を突きつけたときである。薙左がその腕にしがみついた。

「よして下さい。こんなことをして何になるのです」

「若造。おまえも音松村を救いたいと言うたではないか」

「船手では、こう言われています。溺れる者を救うのが一番の使命だ。ギリギリのところまで命を懸けろ。だが、決して、己の命と引き替えにしてはならぬ。それは驕《おご》りだ。傲慢だ……と」

「！…………」

「刀を引いて下さい。でないと、本当にただの人殺しになってしまいます」

「人殺し」

「そうです。刀を引いて下さい」

宮下は薙左を足蹴にして、匕首をもう一度、振り上げたが、頭をかかえて蹲る宇佐美に向けて振り下ろすことはなかった。

いつの間に来たのか、加治と鮫島が近づき、素早く宮下に近づいて匕首を奪い取ると、諭すように言った。

「もう、よかろう。あんたの思いは誰かに通じたはずだ」

黙って頷いた宮下は、加治たちに連れて行かれた。与力殺しのことは、後に町奉行所で吟味されるだろう。その前に、武士としての引き際を与えてやるつもりである。

数日後、船手奉行戸田泰全は、宮下から聞き書きしたことを建白書として、北町奉行の遠《とお》山左衛門尉《やまさえもんのじょう》に手渡した。

それには、音松村から白髭神社に繋がる一帯を人が住めるように盛り土をし、護岸普請も進める。その労働力として音松村の者を雇い、その後に住居を与える。そして、参道が完成した後は、音松村の者たちを地主として、料理屋や遊興場所を出す許可を出すというものであった。

陳情が実現するにはまだ歳月がかかるが、いずれ一人の男の意地が実を結ぶであろう。しかし、男はその果実を見ることなく、切腹して果てた。

地蔵音松は今日もある。

「私は、とどのつまり、誰も助けることができませんでした」

薙左は、『あほうどり』の片隅で、小さくなって蹲るように、一人で飲んでいる。

「いかんな。悪い酒だ」

と暖簾をくぐって来た加治に、お藤は曖昧に微笑みながら、

「加治さんが、突き放すような仕打ちをするからですよ」

「そうか？」

「そうですよ。ご覧なさいな」

お藤が店の裏口から見える海原を指すと、海の鳥《からす》と呼ばれるカモメが旋回しては、雛《ひな》が飛べるように大切そうに導いている。鳥ですら、手助けするのにと言いたいのだ。

「雛というのはな、女将……」

と加治は腰掛けて、差し出された冷や酒を手酌で注《つ》ぎながら、

「初めて飛び立った直後、ドテンと地面に落ちるものなんだよ」

「そうなんですか？」

「ああ。それを人が見ると、巣から落ちたと思うんだな。これは可哀想だと思って、拾って巣に帰してやると、二度と飛び立つことができなくなるんだ。薙左は今、巣立ったばかりで

落ちた雛ってとこだな」
加治はぐいと酒を呷ってから、お藤にも一杯どうだと勧めた。

第二話　諍いの宿

一

白子《しらこ》宿は川越街道の、江戸から三番目の宿場である。武蔵野《むさしの》台地の東方に位置するこの地には、広く田畑が開いており、肥沃《ひよく》な土壌を利用して、百万都市である江戸への穀物や野菜を多く生産していた。

江戸と川越を結ぶ街道はわずか十里。大名といえば、川越藩主しか通らないから、ほとんどは江戸への物流に利用されていた。

早乙女薙左が鮫島と二人で、白子宿の問屋場の隣にある『鼓川《つづみがわ》』という旅籠《はたご》に草鞋《わらじ》を脱いだのは、ちらちらと粉雪が舞う初秋の夕暮れだった。

「ようおいでなさいました。今年は平年より寒いですからね、足も疲れましたでしょう。ささ、どうぞゆっくり温まって下さい」

宿の女中が丁寧に迎え出てくれた。盥《たらい》に張られたぬるめの湯に足を浸してから、薙左はふうっと深い溜息をついた。

小馬鹿にしたように鼻先で笑った鮫島は、いつものように不機嫌な面《つら》で、

「年寄り臭いことを言うんじゃねえよ。わずか四里半しか歩いてないのに、疲れたもくそも

ねえだろうが」

「いつも船で仕事をしてますからね。どうも足が萎《な》えたようでいけません」

「バカ言うんじゃねえよ。船の仕事だからこそ足腰が大事なんだ。近頃の若い奴らは、まったくだらしがねえ」

　鮫島とてまだ三十前である。薙左をからかうほど年を食っているわけではないが、どこか気が緩んでいるのを見ると、ついつい小言を言いたくなるのである。

　今度の旅も、遊びで来ているのではない。十日ほど前、老中直々の命令で、船手奉行が探索をしなければならない事案が突然、湧《わ》いたのである。

　それは、江戸町奉行に差し出されたある訴状がもとである。掻い摘《つま》んで言えば、

『川越から江戸に至る河川事業を中止せよ』

という、今で言うところの差し止め請求であった。

　その訴訟主が、川越街道六宿の名主筆頭・金子《かねこ》紹兵衛《しょうべえ》である。問屋場の当主でもあった。

　問屋場とは、宿場の中心にあって、人馬の継ぎ立てをする役所のような所で、通行手形改めや人足や宿泊の手配、さらには幕府公用の接待など諸々の実務を行う。貫目改所《かんめあらためしょ》や馬つなぎ場などに立ち会って、安全な道中をはかるために、細かな規則に応じた検閲もしなければならなかった。

さらには様々な民政に関わっており、揉め事や訴訟事、町人や農民からの冥加金や年貢の相談、犯罪人の摘発から各宿場の商売状況の把握《はあく》など多岐にわたっていた。

「早速、鰻《うなぎ》の蒲焼《かばや》きで一杯やりたいところだが、姐《ねえ》さん、名主の金子紹兵衛さんを呼んできてくれぬか」

鮫島が頼むと、既に承知していた様子で何度も頷きながら、

「へえ。幕府のお偉いさんが来たら、粗相のないようにせいと、紹兵衛さんにはきつく言われております」

と慇懃《いんぎん》に言うと、宿の主人も出て来て、両手をついて頭を下げた。

「当旅籠の主・源五郎《げんごろう》でございます」

「ゲンゴロウ……虫みたいな名だな」

不躾《ぶしつけ》に鮫島が言っても、愛想笑いもせず、淡々と挨拶をした。訴訟事が訴訟事だけに、幕府から来た役人に対して不手際があってはならないと緊張しているのであろう。二階に招き上げて、茶を差し出す手も心なしか震えているように見えた。

しばらくして現れた宿場の名主・金子紹兵衛は、いかにも信頼が厚そうで、人柄のよさそうな微笑《ほほえ》みを湛《たた》えていた。

「船手奉行所同心、鮫島拓兵衛である。こいつは、早乙女薙左。まだ見習いに毛が生えた程

度だ」

「サメさん、そりゃないでしょう」

　薙左がぶんむくれるのを、鮫島は相手にもせず、

「まずは訴訟に至った経緯《いきさつ》を聞きたい」

「わざわざのご足労、恐縮にございます」

「いきなり本題に入るが、川船の運航を止めさせてくれと公儀に申し出ておるが、これはいかにも乱暴ではないか？　荒川の水運は古来からあり、松平伊豆守信綱《まつだいらいずのかみのぶつな》様が入封されてから、河川整備を重ねに重ねて、盛んになったものではないか。それを宿場の名主がさような訴訟とは何事かな」

「はい。この訴えは、まずは川越城主の松平大和守《やまとのかみ》様にお願いしました。ところが、何十回、陳情しましても梨の礫。御公儀に頼らざるを得なかったのです」

「そう言われてもな、公儀の方も実のところは困っているのだ」

「承知しております。しかし、そこをなんとか……。私ども、川越街道の宿場の者たちの願いなのです」

　徳川家康が関ヶ原の合戦に勝って、すぐに取り組んだのが川越街道の整備だった。川越城主には、松平伊豆守信綱をはじめ、酒井重忠、柳沢吉保など幕府の重職を担った人材が登用

された。

伊豆守は川越街道をはじめとして、新河岸《しんがし》川舟の開設、荒川や入間《いるま》川の治水、武蔵野新田の開発のための野火止《のびど》め用水の掘削などを通して、野銭《やせん》という税を取り立てる特権を掌握していた。それが川越藩の発展に繋がったのである。

「しかし、鮫島様。訴状にも記したとおり、私ども宿場の者が、当面、困っておるのは、街道に旅人が少なくなったということなのです」

「少なく、な……」

たしかに通って来た道々、物寂しい感じがすると薙左と話していた。

「旅人が少なくなれば、この『鼓川』のような老舗《しにせ》ですら立ちゆかなくなります。そのため、他の料理屋や茶屋は言うに及ばず、宿場で暮らしている人たちの実入りが乏しくなってくるのです」

切々と語る紹兵衛の表情には、己の問屋場のことよりも、名主として何とかしたいという必死の思いが滲《にじ》み出ていた。

「宿場を利用する者が減ったというわけか」

「はい」

「その訳は」

「それは、はっきりしているのです。荒川の船便が増えたせいなのです」

荒川は概《おおむ》ね、川越街道に沿って流れている。というより、川沿いに街道を作ったと言ってよいであろう。舟による運送は、元々は寛永十五年（一六三八）に川越仙波《せんば》の東照宮再建の建築資材を搬入するために利用されたのだが、老袋《おいぶくろ》や平方《ひらかた》の河岸が作られて後、益々盛んになった。

元禄期には、江戸四谷の上原長之進ら富裕町人が百艘余りの船を建造して、秩父《ちちぶ》の方まで木材や炭を運びに上ることを計画した。そのためには幕府の許可が必要で、水量の少ない河川を工夫して走らせることも考察したのだった。

荒川上流では、鉱山開発に伴って、平賀源内も船が通りやすいように河川を改良したという。が、鉱山が失敗したために、河川運送の技術だけが継続された。

上流の通船株を持った久那《くな》村の庄屋らによって、さらに開発は続き、荒川中流の大芦辺あたりから下流に至っては、常に川船が活躍できる豊かな水に溢れていた。

「船便が悪いわけではないですよ。陸の荷駄馬や大八車《だいはちぐるま》は、量にしても運ぶ速さにしても、到底、かないっこないですから」

と紹兵衛は悲痛な顔のままで続けた。

「ただ近頃は、人を運ぶ船も増えたので、宿場にはあまり立ち寄らなくなったのです。本当に困ったものです」

川越はサツマイモの産地でもある。「栗（九里）より（四里）美味い十三里」といって、サツマイモを〝十三里〟とも称するが、江戸からの距離が丁度、九里と四里を足した〝十三里〟に位置するからだ。

その距離を、並船だと、幾つかの河岸に立ち寄りながらでも、半日で江戸まで届く。早船なら、その倍の速さだ。

真夜中に船に乗れば、翌早朝には浅草橋に着いている。ほんの三刻（六時間）足らず船中で眠っている間に、江戸見物ができるのだから、本当に楽で便利である。徒歩だと大人が急いで歩きっ放しでも、六刻（約十二時間）かかるわけだから、その差は歴然としている。

ましてや年寄りや女子供ならば、体に負担がかからない。物見遊山に限らず仕事であっても、江戸に用事があるなら〝楽ちん〟なのである。しかも、どこか旅籠に一泊したり、途中で食事を摂《と》ったりしないから、金がかからない。船賃は必要だが、相乗りで大勢乗るから、懐はさほど痛まない。

使う側からすれば、まさに良いことずくめである。

しかし、宿場の者たちからすれば、〝ひとっ飛び〟で江戸まで行かれるわけだから、路銀を落としてくれる客を失って、暮らしに困るというわけだ。現代で言えば、丁度、バイパスができたがために、旧い商店通りから客足が遠のく感じであろうか。

だから、川越街道の上板橋、下練馬、白子宿、膝折宿《ひざおり》、大和田、大井宿の六人の名主たちが連名で、

――この窮状を打破するために、荷船以外の運航を止めて欲しい。

と申し出たのであった。

「気持ちは分かるがな、紹兵衛さん。それは船を利用する人にとって迷惑な話だし、河岸や船で稼いでいる人にとっても、大変な苦渋を強《し》いることになろう」

鮫島はそう恬淡《てんたん》と述べて、「あまりにも自分勝手な言い分ではないか？　御老中方も、おそらくそう感じておられたのであろう。だから、直ちに訴状を取り上げなかったのではないか」

「私たちの言い分は、たしかに自分勝手かもしれませんが……では、利便のよいものが増えれば、私たちは飢えて死ねとおっしゃるのですか」

少しだけ興奮して紹兵衛が言うのへ、鮫島はじっと見据えたまま答えた。

「誰もそんなことは言うておらぬ。俺たちは事情を聞きに来ただけだ。この訴えが理不尽でなければ、川船に関わることゆえ、船手奉行の戸田様が後押しをして、まずは江戸町奉行所

で詮議することになろう」

「どうか、お力添えを」

「俺にそんな力はないよ」

「お願いです。どうか、どうか……」

床に頭をつけて懇願する紹兵衛をじっと見ていた薙左は、おもむろに近づくと、そっと手を握り締めて、

「大丈夫です。なんとかしてみせますよ」

と昔からの知己のように励ました。

「おいおい。いい加減なことを言うなよ」

鮫島は薙左の頭を軽く小突いて、

「おまえ一人で何かできる訳じゃないだろうが。俺たちはな、どういう事情か話を聞きに来ただけなんだ。話をな」

「だったらサメさんも、訴状を突っ返すような言い方をしないで、もっと宿場の人たちの身になって考えてあげて下さい」

「そうじゃねえだろ。俺たちは裁く立場でも役目でもねえ。川船の方にも聞いてみないと分からねえことは沢山あるはずだ」

荒川や入間川の川筋には、寄居《よりい》、押切、一ツ木、鳥羽井《とばい》、長楽《ながらく》、遊馬《あすま》、美女木《びじょぎ》、川口など数十の河岸があり、それぞれ高瀬船《たかせぶね》、茶船《ちゃぶね》、艜船《もやいぶね》、伝馬船《てんません》など様々な形態や大きさの川船を抱えている。いわば、川船衆の言い分も調べないことには、訴訟事実がはっきりしないであろうと、鮫島は言いたいのだ。

「一時の感情で突っ走るンじゃないと、何度言ったら分かるンだ、バカ」

「バカは余計です！」

子供じみた対応をしている二人を見て、紹兵衛は不安になったようだが、とにかく六ヶ所の宿場を見捨てないでくれと切実に訴えた。

「でないと、私どもにも考えがあります」

「考えだと？」

「ええ。力に訴えてでも、川船の運航を阻止してみせます」

「脅しじゃねえか」

「そこまで、私たち宿場の者の暮らしは切羽詰まっているのです」

悲壮な顔の紹兵衛をまじまじと見ていた薙左だが、まさかその男が明日死ぬとは思ってもみなかった。

二

紹兵衛の死体が浮かんだのは、荒川の支流である新河岸川の扇河岸からわずか数間ほどの所だった。すぐ上流は川越だから、高瀬船が多く停泊しており、大小の舟が沢山航行していたところである。

荷船や渡船の他に、耕作船、肥船、漁船、藻刈《もがり》船などが通っている。変わったところでは、〝水害予備船〟というのがあった。荒川水系だけで千艘もあって、普段は農閑期の副業として輸送に使いながら、万一の時に備えているという。

そんな水の往来の中で、紹兵衛の遺体は見つかった。漁船の舟止め杭《くい》に、丁度、首を吊られた格好で、下流に向かって足が流れており、どう見ても奇異な死に様であった。

河岸の番屋から宿場役人に報せられ、川越藩町奉行の同心が駆けつけて来て、すぐさま検死を行った。

「妙な死に方だな。殺されたようにも見えるし、自害にも見える……」

と同心の楠本《くすもと》は眉根を上げた。眉毛が濃く、引き上げた羽織の袖から見える腕の毛も、もじゃもじゃしている。傍らで聞き込んでいた岡っ引の鯉吉《こいきち》も、ならず者のような強面で、いずれも一筋縄でいかぬ雰囲気がぷんぷん漂っていた。

初めに見つけたのは、入間郡古市場《ふるいちば》の伊《い》八郎《はちろう》という船頭で、茶船を漕いで扇河岸に到着する直前、まだ日の出前のことだった。茶船とは、高瀬船のような〝世事《せいじ》〟、つまり矢倉を持つ大ぶりの船である。

「おまえが見つけた時に、怪しい人影はなかったかい」

同心の楠本が慎重に訊くと、薄暗くてよく見えなかったが、数人の人影を岸で見かけた、散り散りに逃げたが、その姿や顔などは一切分からない、と言った。

伊八郎は、驚きつつも死体を引き上げようとしたが、舟止め杭に繋がれた縄に首がかかったままなので、うまく処理できず、すぐさま番屋に届けたという。

「てことは、既に死んでたんだな」

「へえ」

「何処かで殺されて、わざわざここへ運ばれたということか……。船頭、ご苦労だったな。帰っていいぞ」

楠本が十手で自分の膝をトントンと突きながら考え事をしていると、番屋を出ていった船頭と入れ代わりに、華奢《きゃしゃ》な町娘が飛び込んできた。

「お……おとっつぁん！」

町娘は亡骸《なきがら》を見るなり、駆け寄ってしがみついた。よほど父親のことを慕っていたのであろう。遺体は少し醜く膨れていたが、町娘は怖がる様子もなく、大粒の涙を流して泣き崩れた。

「名主の娘さんかい？」

同心が尋ねると、町娘は小さく頷いて、

「安芸《あき》、ともうします」

と消え入るような声で言った。

町娘の護衛でもするように続いて入って来たのは、薙左と鮫島だった。

「名主さん……」

昨日、会って話したばかりの金子紹兵衛が無惨な姿で見つかるなどとは、薙左は考えてもみないことだった。ただ、並々ならぬ覚悟で接していた真摯《しんし》な顔だけは、脳裡《のうり》にはっきり残っていた。

「おまえさん方は？」

楠本が訝しげに尋ねると、鮫島が衿《えり》をただしてから、

「船手奉行所同心、鮫島拓兵衛」

「同じく、早乙女薙左です」

二人は儀礼的に頭を下げてから、死体を検分しようとすると、楠本はすっと手を突き出してぞんざいに、

「もう検死は済んでるよ。はるばるご苦労だが、江戸の者が、なんだって川越くんだりまで来たのかねえ」

鮫島は訴訟のことで、昨日、白子宿で紹兵衛と会談をしたと伝えた。一晩、『鼓川』という旅籠に泊まって、翌日も詳しい話を聞こうとしていた矢先、宿場役人から、土左衛門で上がったと聞いたのだった。

「紹兵衛さんに娘さんがいたのも、今朝方、知ったのだが、本当に紹兵衛さんかどうか、お安芸さんが扇河岸まで来ると言うので、俺たちも同行したのだ」

「だったら、検死や探索の真似事はしないでもらいたい。ここは、こっちの縄張りなのでね。江戸者に口を挟まれちゃ、話がややこしくなる」

「どう、ややこしくなるんでえ」

鮫島はすぐさま、楠本を睨み返した。

いきなり江戸弁で突っ返されたので、楠本は少し戸惑って目を逸らした。鮫島の顔つきも知らぬ者から見れば随分と怖いせいか、唾を呑《の》み込んで仕切り直すように、

「江戸の町方の出る幕ではないということだよ」

「町方じゃねえよ。ちゃんと聞いてるのか、人の言うことを。船手奉行所同心と名乗っただろうが」

「いくら船手でも……」

「船手奉行は、関八州はおろか、諸国の海と河川に関わる事件には〝天下御免〟だということを知らないのか？」

海や川はあらゆる国に繋がっているから、諸国往来の特権がある。町方と違って、十手は短めで房はないが、船手の刻印がされており、不審者などを追尾中に万が一のことがあっても、身元は分かるようにしてあるのだ。

「しかも、今度は荒川で起こった事件じゃねえか。関わりねえと突っぱねるなら、上同士で話をつけようか」

本気でそんな面倒なことをするつもりはないが、鮫島はこの不思議な顚末《てんまつ》を自分の手の内に入れなければ、真相は暴けないと踏んだのだ。

「白子宿から六里も離れた所で、どうして死んだのか……。おかしな話じゃねえか。こっちも気になって仕方がねえんで、ちょっくら拝ませてもらうぜ」

薙左は痛ましくて遺体を凝視できなかったが、鮫島は慣れた手つきで紹兵衛の亡骸を調べた。独り言のようにぶつぶつ言いながら、時折、脇の下や背中などをつぶさに見て、深い溜息をついた。

「どうなんです、サメさん」

と薙左が心配そうな顔をすると、鮫島は何とも答えず、楠本に向かって、

「顔がやたら紫に膨らんでるが、よく分かンねえな。旦那はどう見立てたんです？」

と尋ねた。本当はおよその見当はついた顔の鮫島だが、あえて意見を聞いたようだった。

薙左はそんな鮫島の態度を察して、

――何か、曰《いわ》くでもあるのか。

と勘繰ったが、楠本はすんなりと答えた。

「殺しだろう。首には幾重にも絞められた痕がついてる。頭の後ろには、棒か何かで殴られたような傷もあるが、激しく水を飲んだようには見えない。つまり、他の所で殺されて……」

「ここに運ばれた、と？」

「ああ。そうに違いあるまい。死体を見つけた船頭は、河岸に怪しげな人影があったのを見ている。五、六人はいたそうだ」

「怪しい人影……」

「そいつらが、どっかで殺し、そして……」

「なるほどな」

鮫島は、もっともだというように頷いたものの、

「しかし妙だな。昨日、会った時には、扇河岸に来るなんて話は出てなかった。大体が今日は俺たちと……」

「それならば……」

とぽつりと口を挟んだのは、娘の安芸だった。

「何かあったのかい？　俺たちと別れた後にでも」

「はい。鮫島様たちとお話をして、家に帰ってきたのは、夜中の四つ（午後十時）を過ぎておりました。でも、志木村の名主さんから話があると使いが来まして、玄関の敷居を跨《また》いだその足で、使いの方と出て行きました」

家といっても問屋場である。問屋場は閉まっており、大木戸も通れないようになっている。宿場町を挟んだ川越街道の両端は、火急の用がない限り、往来をさせない決まりになっていた。

だが、関所があるわけではないので、脇道はいわば暗黙の了解として通すことになっていた。もちろん、不寝《ねず》の番や火の番の宿場役人は常に、不審な旅人を見張っているから、〝急ぎ旅〟という逃亡をしている者たちは、すぐに分かる。厳しく誰何《すいか》された上、番屋で調べら

れることもあった。

名主からの急な使いは、大概が番頭格の者を寄越す。白了館から志木村は一里ほどしか離れていないので、すぐさま草鞋に履き替えて、紹兵衛は出かけたという。

そして、そのまま帰らぬ人となったのだ。娘の安芸としては納得できないことだった。

「志木村の名主というのは？」

鮫島が安芸に尋ねると、少し困惑したような顔になって、口ごもった。

「何か言いにくいことでもあるのか？」

安芸はしばらく沈黙をしていたが、父親の顔をもう一度見つめ直すと、小さくごめんねと呟いてから、鮫島を振り向いた。

「志木村の名主さんは、喜船屋《きふねや》朔右衛門《さくえもん》さんといって、『喜船』という屋号の船主なんです。元々は、川越で海産物問屋を営んでいた人なのですが、自ら船を買って、材木や炭の運搬をするうちに、荷船を数十艘も持つ大きな船主になっていました」

そう安芸が説明するまでもなく、同心の楠本は承知しているようだった。

『喜船』といえば、江戸にも聞こえている河川運送業者である。船の色はいずれも黒張りで、幕府の船と見紛うほど権威がありそうな佇《たたず》まいをしている。

船にはそれぞれ、舳先の所に屋号か家紋、その場所を示す地名や号数などを刻印しているが、喜船はそれ以外に、赤い小旗を立てていたので、川面を埋め尽くす沢山の船群の中で目立っていた。

　ことに、速さを競う猪牙舟《ちょき》は、他の舟との接触や衝突を避けるために、鉦《かね》や太鼓の〝鳴り物〟を船上に乗せていて、まるで水軍の出陣のように壮麗に轟かせながら波を切って走るのである。

「喜船が来たぞ！　避《よ》けろ、避けろ！」

　と船頭同士が声をかけあって、水路を譲る光景は珍しくなかった。

　それには訳がある。

　喜船の当主・朔右衛門は川越城下の名士であり、藩御用達商人でもあった。家老や町奉行、勘定奉行など藩重職との親交も深い。ゆえに、万が一、海運事故などを起こせば面倒なことになるので、それこそ幕府関係の船でもない限り、避けて通るのが常であった。

「志木村の名主・朔右衛門というのは、そんなに力のある奴なのか」

　鮫島が尋ねると、楠本が答えた。

「力のある奴どころではない。名字帯刀を許されているのは当然だが、河川往来、川越街道往来は手形無しでできるし、中山道もある宿場までは勝手次第だ。だからこそ、商売が思うようにできるのだ」

「ほう。よほど金を使っているのであろうな」

藩の重職に賄賂《まいない》を渡しているに違いないと、鮫島は勘繰った。悪びれる様子もなく、楠本は笑って、

「俺たち下っ端役人にも、色々と付け届けがくる。藩があっての『喜船』だと、いつも感謝してると言うんだ」

「恥ずかしくないのですか」

薙左は半ばムキになって楠本に突っかかろうとしたが、鮫島がぐいとその腕を引いて止めた。下らぬことで言い争っているときではないからだ。賄賂など日常茶飯事のことだ。持ちつ持たれつの関わりは、江戸も川越も変わりはない。

「とまれ、志木村の名主に会いに行った紹兵衛が、そこからは何里も上流の河岸で死体となって見つかったのだ。喜船屋朔右衛門とやらに会わねばなるめえな」

鮫島はすぐさま、来た道を戻ろうとするのへ、楠本が声をかけた。

「なんなら、俺が同行しようか？　朔右衛門は初めて会う者はやたらと警戒して、ろくに話もしないぞ」

「袖の下を貰っている奴は、肝心なことを訊きたくても遠慮するだろ。江戸ッ子は、奥歯にモノが挟まるのが嫌いでな。んじゃ」

と鮫島は、もう一度、紹兵衛の亡骸に瞑目《めいもく》すると、安芸を慰めた。

三

『喜船』は荒川の支流、新河岸川沿いにあり、大名屋敷と見紛うほどの長屋門を模した店構えであった。倉庫の前にずらり並んだ桟橋は、まるで江戸の浅草御蔵のように勇壮で、ひっきりなしに荷船が出入りしていた。

地面まで垂れた長暖簾が、川風にそよいでいる。船と同じく漆黒の布地に、金糸で宝船をあしらった家紋が縫いつけられていた。

主の朔右衛門は、薙左が思い描いていたような、下っ腹が突き出た老獪《ろうかい》な男ではなく、すらりと背の高い、切れ長の涼しい目の初老であった。丁寧に結った髪は銀色に輝いていたが、それがまた上品な風情で、少し面長な顔を男前に見せている。若い頃は、さぞや女泣かせであったろうと思われた。

船荷の帳簿で確認をしながら、番頭や手代らに指示をしていたが、ふいに薙左と鮫島の姿に気づいたようだった。が、目の片隅にしか留まらなかったようで、すぐに仕事に戻ろうとしたが、

「名主さん！　紹兵衛さんを知りませんか」

と鮫島は開口一番、そう問いかけた。

何を言い出すのだと薙左は不思議そうに鮫島の顔を見たが、余計なことを言うなよとばかりにポンと肩を叩いてから、

「お安芸さんに聞いたンですよ。名主同士話があるからって、訪ねて来たはずですがねえ、昨夜《ゆうべ》遅くに」

朔右衛門は訝しげに首を傾げながら、鮫島たちの方へ近づいて来るのへ、薙左は船手奉行所の者だと名乗った。

「バカタレ。それが余計だって言うンだ」

と鮫島は顰《しか》め面で小声で言うと同時に、肱《ひじ》打ちをしてきた。

「いてッ」

「素姓を言えばいいってもんじゃねえ。相手の出方によるんだ。これじゃ腹芸もできねえ」

「私はそういうのは嫌いです」

「てめえの趣向なんざ、どうでもいいんだよ」

ブツブツ言っている二人の前に来た朔右衛門は、その堂々とした体格を惜しげもなく前に突き出すように、

「江戸の船手奉行所のお方でしたか。どうも、ご苦労さまです」

と丁寧に頭を下げた。鮫島はまさに海の男らしく赤黒く日焼けしている。着物の上からでも分かる、水練で鍛えた屈強で厚い胸板には、朔右衛門も少し驚いたようだった。

「ああ、苦労してるよ」

鮫島はもう一度、軽く薙左をちょんとつついてから、きちんと名乗り直した。

「昨日、訴訟のことで江戸から来たのだが、まだ話の途中なんだ。ところが、今朝になっても帰ってこないから、あんたと何か揉めてるのかと思ってな……」

と睨むように見てから、「こうして訪ねて来たんだよ」

「私と揉めてる？」

迷惑とばかりに目を細めて、整った鬢《びん》を撫でつけながら、

「どうして、紹兵衛さんが、私と揉めなくてはならないのです」

「訴状によれば……ああ、あんたも何の訴状か分かってるだろう？　川越藩主に上申してもだめなので、御公儀に救いを求めてきたんだよ、客を乗せる早船についてな。ああ、その客船だ」

朔右衛門はそのことかと頷いてから、

「そのことなら、公事師《くじし》の浜辺《はまべ》様にお任せしております」

公事師とは、訴訟の代理を行う公事宿の主を指すことが多い。今でいう弁護士で、官許を受けた者だけが、訴訟を扱うことができるのである。

町人の職分だが、旗本崩れや御家人の中には、御定法に長《た》けている者が多い。その知識や経験を牛かして、副業としている武士もいた。朔右衛門の信頼している浜辺陽之亮《ようのすけ》という公事師は、川越藩御抱え席でありながら、江戸の公事宿も任されているという、立派な侍公事師であった。

「ですから、訴訟のことなら、浜辺様にお尋ねなさるのがよろしいでしょう。ですが今は、川越ではなく、他の仕事で江戸に出向いておられます。公事宿はお屋敷を兼ねておりまして、上板橋に逗留しておいでです」

「詳しいのだな」

「親戚筋にあたりますもので」

「そうか」

「何なら、うちの船でお送りしましょうか」

「いや、結構。船なら御用船をいつでも出すことができる」

御用船は荒川に限らず、利根川、入間川、江戸川、下総《しもうさ》川、那珂《なか》川に至るまで、川船番所の出先に何艘も用意されていた。もちろん、関八州を睨んだ配置で、咎人などの追捕や物資の輸送に使われる。

「公事師の浜辺様は、また改めて、こちらから訪ねることにするよ」

と鮫島は朔右衛門から目を逸らさないまま、

「で……紹兵衛は何処にいるんだい」

「は？」

「昨夜、おまえの番頭が誘いに来て、出てったままなんだよ」

「帰ってないのですか？」

「たしかに来たのだな」

「ええ。真夜中……そうですね、九つ（午前零時）を過ぎた頃に来まして、うちで……といっても、その店でですが、軽く一杯やって帰って行きましたよ」

「本当かい？」

「本当って、どういうことです？」

朔右衛門は訝しげに薙左の方を見やった。だが薙左は何も言わず、鮫島が話すのを黙って聞いていた。

「なあ、喜船屋。おまえは何のために、紹兵衛を真夜中に呼びつけたのだ？」

「それは……」

「言えねえことかい。訴状では、実質はおまえが訴えられた側なのだ」

「それは、そうですが……」

「客船も、おまえが発案したらしいじゃないか」

「ええ」

もちろん、渡し舟のように人を乗せるのを専門とする舟はある。しかし、海運でも川船でも、現代のように人だけを乗せて運ぶという考えはあまりなかった。東海道の熱田から桑名など海上七里などの乗合《のりあい》はあったが、ほとんどは荷船であり、隙間を利用して人も運ぶのが通常だった。ゆえに旅賃も格安で、十文もあれば足りた。

ところが、荷物が空になった船に人を乗せる商いをやったら、これが案外、人々の要望に合っていた。そこで朔右衛門は、川越から江戸までの〝直行便〟を考案して、一晩で着くことを思いついたのである。船賃は六十文から八十文かかるが、馬が三百文以上かかることを考えれば安いものだ。

さらに、小舟で、川沿いにある各河岸を結ぶ便も作り、荒川沿いの人々の日常の足にしたのである。それがために、街道の方が寂《さび》れてきたわけだが、水が低きに流れるが如く、易きに流れるのは当然のことだった。

「なあ、廻船問屋や木材運搬などで手広く商いをした上に、人様を乗せて金を稼ぐとは、大した商魂だな。感服するぜ。だがな、人にはしちゃならねえことがあるんだ」

「どういうことでしょうか。先ほどから、鮫島様のおっしゃっていることは、さっぱり分かりませんが」

「そうかい」

薙左の目にも、惚けているようにしか見えなかった。鮫島は、少し苛《いら》ついたように語気を強めて、

「何のために呼んだかって訊いてるんだ」

「それは……」

朔右衛門は今までの威風堂々とした顔つきから、人目を気にする目に変わって、

「どうぞ、こちらへ」

と屋敷の中へ招き入れた。

冬が近いというのに、玄関には水を打ってある。埃《ほこり》が立たないようにするためらしい。江戸よりも風が強く、時折、目に入るくらいの土埃が舞うのだ。

「実は、お安芸さんとうちの息子の縁談は、なかったことにしてくれ……その話をどうしても昨日中にしたかったのです」

「お安芸さんとの縁談？」

鮫島と薙左は、とんでもない話になって、目を丸くして見合った。

そう言えば、鮫島がお安芸に話を聞いたとき、言い淀《よど》んで沈黙をした一瞬があった。訴訟で対決する父親同士を持つ、若い恋人たちということなのであろうか。

——紹兵衛は、おまえが殺したのではないのか！

思わず薙左の口をついて出そうになったが、そうと察した鮫島に睨みつけられて必死に呑み込んだ。

四

氷水のように冷やした鯉こくは、また格別に美味い。

奥座敷に通された鮫島と薙左は、『喜船』が離れで営業しているという川魚料理屋から届けられた鯉の洗いや鮒の香味焼きなどを目の前にしていた。鮫島は箸《はし》で摘んで、

「これも賄賂のひとつか」

と尋ねたが、朔右衛門は笑って受け流した。江戸者といえども、よほど窮屈な暮らしをしているのだろうと小ばかにしたのだ。

「真夜中に、祝言の破談というのも解《げ》せねえが」

「前々から、そうしようと話し合っていたのです。ですが、どうしても今日、倅《せがれ》の栄吉《えいきち》の結納がありましたのでな。もちろん、紹兵衛さんには事後承諾でもよかったのですが、あの方の立場もあるだろうし、私も人としてどうかと思いましてな。ケジメだけはつけておきたかったのです」

「人としてね……」

薙左は一口も食べる気になれなかった。鮫島が何を聞き出そうとしているのか分からないが、朔右衛門が紹兵衛を手にかけたことは、おそらく間違いないのだ。

もちろん自分の手は汚していまい。中庭には、のっそりと歩いている用心棒ふうの浪人が二人、薙左たちの方をちらちら見ている。こやつらに命じたのであろうと察しはついていた。

「お安芸とおまえさんの息子が行く末を誓い合ったのは……」

と鮫島が言いかけると、朔右衛門の方から進んで話し始めた。

「あの娘はいい子です。小さい頃から、可愛くて利発な子でね。うちの栄吉より一つ年上ですが、随分しっかりしていて、よく遊び相手をしてくれましたよ」

「昔から知ってるのか」

「ええ。家内同士が遠縁にあたりまして、子供が小さい頃は、よくみんなで一緒に出かけたりして遊んだものです」

「真実《まこと》か？」

「いやですよ。疑われてばかりだ」

「それも、こっちの商売でな。で、当人同士も相思相愛だったのか？」

「そりゃもう、栄吉は他の女のことなんぞ考えられなかったのではないですかね。もちろん、お安芸さんの方もね」

「だったら、なぜ縁談をご破算に？」

「藩主の……」

朔右衛門は言いにくいのを誤魔化すように、鯉こくをすすってから、

「松平大和守様の御推挙により、栄吉が、藩勘定方に勤める吉田不二綱《よしだふじつな》というお方の婿《むこ》養子として入ることになったのです」

「藩士の婿養子とな。それはえらい出世ではないか。いくら特権商人とはいえ、武士に〝格上げ〟とは、よほどのことなのだな」

栄吉は川越の藩校で、朱子学や漢学とともに経世済民の基礎を学び、藩士の子弟などと財政について語り合っているうちに、その才覚が認められたという。

そもそも吉田家も、藩御用達商人から五百石取りの士分になり、勘定奉行格として、積極

的な勧農策や頼母子講《たのもしこう》などを実行し、藩財政の危難を救った家柄だ。九十九《つくも》曲がりと呼ばれる新河岸川をさらに整備して、水運に貢献している『喜船』の息子で、立派な学問も修めた前途ある若者ならば文句はあるまいと、藩主が婿にと勧めたのである。

親が決めたことに反対できる世の中ではない。ましてや、藩主の命令であれば拒むことなどできようがない。『喜船』の家業にも関わってくることである。

「栄吉は、お安芸さんとの駆け落ちも考えたことがあるようです。しかし……」

と朔右衛門はまるで自分のことのように苦悩の顔になって、

「むしろ、お安芸さんの方に諭されていたらしい。あなたは私一人を幸せにするだけの殿方ではない。もっと大勢の世の中の人々の役に立つお方だ。そう言って、栄吉を励ましたそうです」

鮫島はまだ半信半疑で聞いていた。今までに何人の極悪人に煮え湯を飲まされたことか、その一人一人の顔が浮かんできた。もちろん、薙左も冷静に眺めてはいたが、

——どうも胡散《うさん》臭い。

と感じていた。まだ経験の浅い薙左だが、良い人間か悪い人間かを嗅ぎ分ける鼻だけはある。その直感だけは、あまり外れたことがないからだ。

「それじゃ、お安芸さんがあんまりじゃないですか」

薙左は思わず口を挟んだが、鮫島はまた黙っていろと唇に指をあてがった。

「喜船屋。もうひとつ尋ねる。川越街道の宿場町と荒川や新河岸川の湊《みなと》町は、お互い険悪な争いがあったのではないのか？」

「それは……」

「こっちも江戸を出る前に少々、調べて来てるんだ。嘘を言ってもしょうがねえぞ」

脅してすかすように凝視する鮫島の顔は、薙左が見ていてもぞっとするものだった。だが、朔右衛門も海千山千の者と丁々発止やってきたのであろう、たかが船手同心ごときに舐められてたまるかという思いがあるようだった。

「はてさて。商いをやってますとね、それこそ色々なことがありますからね」

「惚けるのも大概にしな。白子宿に限らず、他の名主の所にも、余計な訴えを起こすなと、ならず者を使って何度も脅しをかけてたようじゃねえか。それだけじゃねえ。問屋場の奉公人や宿場人足、助郷《すけごう》などにも、怪我《けが》を負わせた節があるんだ」

「いくら私が名主でも、何処で誰が揉めたか喧嘩したかなど、一々、承知しちゃいませんよ。それに……」

朔右衛門は腹立たしげに感情を露わにし、「そもそも初めに邪魔をしてきたのは、宿場者の方だ。うちの乗合船が動けないように、筏を嚙ませたり、櫓を折ったりと、そりゃ酷い嫌がらせを受けたんですからね」

宿場の駕籠《かご》舁《か》きと河岸の船頭が、集団となって、まるでヤクザ者の出入りのように喧嘩をしたことは何度もあった。その都度、六宿の名主筆頭の紹兵衛と川船衆惣領の朔右衛門が出てきて話をつけていた。

「そうなんだろ？」

と鮫島は肩を突き出すように睨んで、

「だから、おまえとの間には常に揉め事があった。事実、訴訟にまでなった。川越藩は取り上げないはずだ。おまえの大きな後ろ盾なのだからな。藩主様は、家康公が一番先に手をつけた川越街道がどうなってもよいと考えておられるのかな」

「なんとも、まあ。船手の方が、陸の味方をするとは思いませんでした。江戸は海と川の町。船がなければ、米ですら百万人が住む江戸に届けられないのですよ」

「そんな話はしちゃいねえよ」

鮫島はもう一度、鋭い眼光を放った。

「おまえさんと紹兵衛は実は不仲だった。その事実を知りたいだけだ」

「ええ。昔はともかく、近頃はあの人も偏屈になってましたからな。そりゃ、そうでしょう。問屋場の主といっても名ばかり、実入りは減るばかりで、宿場も昔日の面影はないですからな。それを私たちのせいにされても困る。自助……そう、自助の精神が足りないのではないですかね」

「本当にそう思うのですかッ」

我慢しきれなくなって薙左が口を挟んだ。端麗な目鼻立ちだが、意志は強そうだと朔右衛門も感じたようだ。

「あなたの言い草では、まるで盗人が、盗まれた奴がとろくさいと言っているようにしか聞こえないが」

「私を盗人呼ばわりするのですか」

「弱い者、困った者をそういうふうにしか見ないのは、盗人や騙《かた》りと変わりません」

「恐れ入ったね。私が盗人なら、世の中、盗人だらけだ。頑張った者が得をする。努力した者が報われる。そういうものではないんですかねえ」

「違いますね。頑張って金持ちになるのは結構なことです。でも、富める者は貧しき者に慈悲をかけなければならない。海運が盛んになったからといって、馬子や荷車を要《い》らないものだと見捨ててはいけない。私はそう思います」

「ふむ、若いのに立派なご見識ですな。しかし、あなたが言うとおり、海運が世の中を支えているのです。紹兵衛さんは考え方が古い。それだけです」

朔右衛門はそう自説を強めると、俄に熱が冷めたような顔になって、

「これは失礼いたしました。私としたことが、船手奉行所同心という〝玄人《くろうと》〟の方に、とんだ説教をしてしまいました」

と申し訳なさそうに言った。

その時、中年番頭の伊八郎が来て、何やら朔右衛門に耳打ちをした。途端、驚愕して目を見開くと、ゆっくり鮫島と薙左を振り返った。何か言い出しかねている顔つきなので、鮫島の方から水を向けた。

「どうしたい。紹兵衛が殺されでもしたか」

「…………」

「川越藩の町奉行所から、ようやく報せが届いたようだな」

「し、知っていたのですね」

「知ってるどころか、検死にも立ち会ったよ。お安芸も一緒にな」

「どうして、黙っていたのですか。私は、紹兵衛さんとは、いわば〝商売仇《がたき》〟だったかもしれないが、昔馴染みなんですよ。どうして、こんな……」

じんわりと涙を浮かべたが、それが本当の涙かどうかは、鮫島には分からない。見極める必要があった。

だが、薙左は素早く立ち上がると、

「この期に及んで、惚けるのかッ。紹兵衛さんは真夜中にあんたに呼び出されたンだ。しかも、江戸から私たちが訴訟の事情を尋ねに来たその夜にだ。どう考えてもおかしいじゃないか！」

「いや、それは……」

「そのまま、何処かで殺し、川上まで船で曳《ひ》いていって舟止め杭に縛りつけたのではないのか」

「何をバカな……」

「数人の人影を見た者もいるんだよ。明らかに誰かに殺されたンだ！　それを指示したのは、あんただろうが！」

薙左は思わず突っかかって、朔右衛門の衿首に摑みかかった。柔術の送り衿のような形で首を絞め、仰向けに押し倒した。悶絶《もんぜつ》して苦しむ朔右衛門は、抵抗しようとしたが、思いもよらず強い薙左の腕力に、喉を押さえられて咳《せ》き込むこともできなかった。

中庭にいた用心棒の浪人たちが駆け込んで来たが、それを足払いした鮫島は、おもむろに薙左の肱を摑んで引き離した。

「そうカッカするんじゃねえ。こいつが下手人なら、ここで殺してしまえば、事の真相が分からなくなるじゃねえか」

朔右衛門はゴホゴホと激しく咳き込み、床に両手をつきながら、怨《うら》めしげな目で薙左を睨んだ。用心棒たちは今にも刀を抜きそうな構えで、腰を落としていた。

「朔右衛門。あんたの身の回りも、じっくり調べさせてもらうよ。おい、薙左。しばらくの逗留《とうりゅう》となりそうだ。荒川名物の鰻もたっぷり食えるってもんだ、はは」

鮫島はまだ興奮気味の薙左の腕を引いて、ぶらりと表に出て行った。

五

河岸の外れにある木賃宿に陣取った鮫島と薙左は、早速、朔右衛門の身辺を探索することにした。

荒川にある数十の河岸のうち、数ヶ所には船手奉行所の鑑札を持たせた番人が詰める番小屋がある。志木村に属する〝落とし河岸〟にもあった。深みがある場所で、大きな船も立ち寄ることができるから、その名がある。

川船は概ね、底が平たくなっているが、上州の石切場から運び出される石など、荷によっては、深底の方が安定するものもある。

「サメさん。甘いンじゃありませんか」

「何がだ」

「暢気《のんき》になんですか。放っといたら朔右衛門は逃げますよ」

「あれだけの商いをしてる男だ。逃げも隠れもしねえよ」

「金持ちだからこそ雲隠れできるんじゃありませんか。しかも、川越藩主が後ろ盾なんだから、殺しなんてどうにでも……」

揉み消せるのではないかと薙左は懸念しているのだ。

「どうだかな」

「え？」

「紹兵衛の亡骸を見たとき、顔が紫に腫れ上がっていたが、あれは溺死した証でもある。どっかで殺して捨てたとは思えねえ」

「だから、船で曳いて溺れさせたと、私はそう……」

「根拠はなんでぇ」

「状況を見て、そうとしか言えないでしょう」

「船で曳かれれば、水の重みがかかり、首の骨は折れてるだろうよ。それに、曲がりくねった川だし、岩場や浅いところもある。あまり傷がないのはおかしいじゃねえか」

「水嵩があれば……」

「そんなことをされれば、もがいて首や顔に己で引っ掻いた傷があるはずだ。しかも、もっと水を飲んでるはずだ。水死は確かだろう。しかしな、仏はさほど苦しんでないようだった」

否定ばかりされて納得できないと薙左が顔をそむけるのへ、鮫島は問い続けた。

「ならば、殺した訳は」

「御公儀に訴え出られた腹いせに決まってるじゃないですか」

「あの訴状では、朔右衛門の方に勝ち目があると思わねえか？　紹兵衛に手をかけても意味はねえ」

「でも……お安芸さんのこともある。そのことで、父親同士が揉めたってことも」

「娘が納得してることを、父親が蒸し返すってのか？　紹兵衛はそんな男には見えなかったがな」

「でも、ついカッとなって、ということだってあるじゃないですか。それで朔右衛門に返り討ちになったとか」

と薙左は確信を抱いたように頷いて、「大体、あの用心棒だって、すぐに人を斬るような目つきをしてましたよ。相手がサメさんじゃなかったら、あっさり斬りかかっていたかもしれませんよ」

　たしかに用心棒のことは気になった。木賃宿の裏手はすぐ水路になっていて、そのまま小舟で荒川まで漕ぎ出せるようになっている。だから逃げ道を確保するのには丁度よいのだが、その裏手に、『喜船』の用心棒が二人も張り込んでいた。

　そこへ、ごめん下さいとおっとりした女の声がして、安芸が入って来た。葬儀の段取りをしているというが、その合間に、宿場役人に伴われて訪ねて来たのである。安芸には船手の番人を使いとして出していたのだ。

「ご迷惑をおかけしました」

　丁寧に頭を下げる安芸に、薙左は改まって挨拶をすることもなく、すぐさま栄吉のことを尋ねた。相思相愛であったのに、本当に諦めたのかと。

　唐突な問いかけに、安芸は驚いたが、朔右衛門と会ったのなら、その話が出ても不思議ではないと納得して、

「そのとおりです。身を引いたなんて、おこがましいことは言いません。でも、栄吉さんは本当に立派な人なのです。多くの人ために生きる運命《さだめ》なのだと、私は信じてます」

「何が多くの人のためだッ」

　薙左は憤懣《ふんまん》やるかたない口ぶりで、「一人の女を幸せにできない奴が、世のために働ける

とは思えない」

「そうでしょうか」

「当たり前です。私は……こんなことを言うと、またぞろサメさんに青臭いとからかわれるかもしれないが、志さえ高ければ、物事は実践できると思っています」

「実践を……」

「勘定方の養子なんぞにならなくても、世の中のためになることはいくらでもできるし、本当に有能ならば、御家人株などを得て後、役人にだってなれる。あなたと添い遂げる約束を破ってまでやるとは、私には出世の欲に目が眩《くら》んだとしか思えないが」

「栄吉さんはそんな人ではありません」

安芸はあくまでも冷静に、穏やかに薙左に言った。

「私と栄吉さんの二人だけで、じっくり話して決めたことなんです」

「だが……」

鮫島は薙左を廊下に押しやって、

「この野暮天が。おまえは『喜船』の主の身辺をもう一度、調べ直せ」

「サメさん……」

「朔右衛門が殺したというなら、その証を摑んでこい。ちゃんとした証だ！」

と鮫島が力ずくで部屋から出すと、残った安芸は不安が一挙に込み上がって、

「どういうことです、朔右衛門さんが殺したって……。まさか、父をですか⁉」

「まだ何も分かっちゃいねえよ」

「そんなこと、ある訳がありません！　そりゃ、色々ありました。でも、朔右衛門さんがそんなことをする人じゃないことは、私もよく知ってます」

「よほど、信頼された御仁なんだな」

と鮫島は納得しかねるように頷いて、「じゃ、お安芸は誰が殺したと思ってるんだ。心当たりはないのか」

「ありません。そりゃ、訴訟のことで、あれこれ怨みを持たれたかもしれません。でも、あんな殺し方するなんて、あきらかに……」

声を詰まらせた安芸に、鮫島は慰めを言いながらも、心当たりがあるのかと再び尋ねた。しかし、安芸は分からないと首を振るだけだった。

鮫島がふいに窓から裏の水路を見ると、浪人が二人ともいないのに気づいた。

――薙左が尾《つ》けられたのかもしれぬ。

と察した鮫島が追って出ようとすると、何やら激しい声がして、浪人たらに立ち向かってゆく男がいた。

「おまえら何だッ。どういうつもりだ！」

浪人たちに摑みかかっているのは、二十半ばの男であった。上品に着ている縞模様の絹羽織が綻《ほころ》び、艶《つや》やかな町人髷《まげ》も乱れるほどであった。

その声に思わず窓際に歩み寄った安芸は、

「栄吉さんッ」

と呼びかけた。

浪人たちは、栄吉にまったく手を出していない。栄吉は雇い主の息子である。ただ、何故いきなり乱暴な扱いを受けるのか、浪人たちは戸惑っている様子だった。

「お安芸、どうして、こんな所に」

栄吉はすぐさま木賃宿の二階に駆け上がって来た。そして、安芸に話す前に、鮫島に突っかかるように、

「父から話は聞きました。ですが、父に限って、そんなことをするはずがない！」

と大声で断じてから、安芸の手をぎゅっと握り締めて、

「親父さんは……大変な目に遭ったな。誰がやったか、私が必ず突き止める。ああ約束する。藩主の松平大和守様に直々、お願いして、町奉行所を総出にさせても、下手人を挙げてみせるよ」

「栄吉さん……」

「済まなかったな。うちの親父が昨夜、紹兵衛さんを呼び出したなんて、思ってもみなかった」

「私が引き止めればよかったんです」

「いや。俺の親父が悪いんだ。そんなことを言っても、もう……。申し訳ない、このとおりだ」

　と土下座をして謝ってから、栄吉は、まだ木賃宿の外にいる用心棒の浪人二人を見下ろして、そう呟いた。

「あいつらがついていながら……」

「ついていた？」

　鮫島が訝しい顔になって、どういうことかと栄吉に問いかけると、

「奴らはうちの用心棒なんです」

「それは知ってる。俺たちも、こうして見張られてる。役人が見張られるとは洒落《しゃれ》にもならねえがな」

「うちも色々と物騒なので、ああして用心棒を雇っているのですが、昨夜は、あの二人が紹兵衛さんを送って帰ったというのです」

「あの二人が？」

意外なことを話すので、鮫島はまあ座れと栄吉の肩に触れた。

「送って行ったとは、どういうことだ。そんな話は、親父さんはしてなかったが」

「あの用心棒は親父ではなく、私が雇っているのです。侍になるのを妬んでいる者も周りにはいますからね」

「ふむ。で、送ったとはどういう訳だ？　おまえさんは今し方、紹兵衛が来たことは知らなかったと言ったばかりじゃねえか」

「ええ、知りません。ですが、もし紹兵衛さんが、うちの父と会うことなどがあると、川船衆の中には荒い気性の者も多いので、訴訟を取り下げろと脅す者もいます。紹兵衛さんは仮にも……」

と部屋の片隅で小さくなっている安芸を見やって、

「私の許嫁《いいなずけ》だった女の父親ですからね。守ってさしあげねばなりますまい」

「だが、殺された……かもしれねえ。あんたの用心棒が役立たずだったってことかい」

「そうかもしれません。ですが、奴らの話では、紹兵衛さんが鶴間村に向かう梅の里の林道あたりで、『ここでいい。一人で帰る』と言って、用心棒を帰したらしいのです」

「真夜中に？　暗いだろうし、足も疲れてるはずだ。そんなことを言うかね」

「用心棒の話ではそうなのです」

「ふーん。どうも釈然としねえなあ」

鮫島はますます訝しげに顰め面になった。「ま、あんたの言うとおり、用心棒が真夜中の道に、紹兵衛さんを放ったまま帰ったとしてだ。その後で誰かに、あんな目に遭わせられたとするなら、誰が考えられる？」

「それが分からないのです。用心棒さえちゃんと付いて帰っていれば、こんなことにはならなかったのに……」

先ほど、浪人たちに突っかかっていたのは、この不手際を叱っていたのだ。それにしても、その直後に何者かに襲われるということは、考えられないではない。街道ならば、一里塚や宿場の間にもいくつかの灯籠《とうろう》があって、足元は明るいはずだ。しかし、昨日は新月の夜だし、脇道はさらに暗くなる。

人の霊魂なんぞ信じていない鮫島でも、一人でいれば、幽霊が出るのではないかと怖くなるほど漆黒の闇である。既に老体といってよい紹兵衛には危ない夜道だ。追い剝《は》ぎの類とも考えられるが、それならば、その場で殺して金目のものを奪うはずだ。

「まさか、父の訴訟の腹いせに、船頭さんか誰かが……」

安芸がぽつりと呟いたが、鮫島はすぐさま否定した。

「だって、そうじゃねえか。腹いせで殺すなら、追い剝ぎと同じ、その場で始末すればいい。わざわざ奇怪な死に方をさせずともいいじゃねえか」

と鮫島は腕組みをして、腹の底から絞り出すような声で唸った。腹の虫が鳴いているようにも聞こえた。

「端《はな》から妙だとは思ってたんだ」

「何がです？」

栄吉が素朴な目で問いかけると、

「死に方が、だよ。俺も船手奉行所同心になって、川であんな死に方をしてたのは初めて見た。お安芸、おめえには辛いだろうが、真相を暴くためだ。ちょっと我慢してくれ」

「はい？」

「通夜と葬儀には、俺たちもこっそり邪魔するよ」

「え、ええ」

「参列する者を見張ってれば、意外なことが分かるかもしれねえ」

鮫島は意味ありげにそう言って、栄吉に目を移した。あえて視線を合わせないようにして、栄吉は窓の外を見ていた。鮫島にはそう感じられた。

遥か遠くに聳《そび》える秩父の峰々に、初雪が降ったのか、白く霞んでいた。

六

安芸は遠慮したが、栄吉はどうしても送って帰りたいと、口子宿まで足を伸ばした。

あの後も、安芸は鮫島から、訴訟にまつわることや、紹兵衛の最近の動向や付き合いの範囲、他に事件になるようなことなどを色々と訊かれた。栄吉も、朔右衛門との確執がなかったかなどと、商売仇のことなどもしつこく尋ねられた。

「あの……」

「なんだね、安芸……」

並んで歩くと小柄な安芸は、すらりとした栄吉の肩くらいにしかならない。華奢な安芸がさらに可愛らしく見えた。

「今日は、先様と結納のはずだったのに、私の父のことで、中し訳ありません」

「何を言う。結納など、いつでもいいんだ」

「すみません、私は……」

「いや、俺の親父が下らぬことで呼び立てたりしたから」

少し風が出てきて、枯れ木の擦《こす》れる音が二人を包んでいるが、まだ実の落ちていない柿の木や栗の木が、丁度いい塩梅に人目から隔てている。

栄吉はそっと安芸の手を握った。安芸の方も嫌がる素振りは微塵も見せず、むしろ強く握り返した。二人の足音が砂利を踏むように鳴って、耳元まで響く。

「安芸……私こそ、すまぬ」

「どうして謝るのです」

「それは……」

「いいのです。私が決めたことです」

と安芸はさらに栄吉の手をぎゅっと握り締めて、「私と一緒になったところで、栄吉さんには何の得にもなりません。いえ、損得勘定で動く人でないことは、私が一番承知しています。だからこそ、吉田様のお世話になってもらいたいのです」

「すまぬな」

「だから、謝らないで下さい。そんな顔をされると、私は余計に辛くなります。ほらほら、笑って下さい」

栄吉は小さく頷いて、田畑の開けた真ん中にまっすぐ延びた道を見た。

「おまえは、強いな」

「強いと言われて、喜ぶ女はいませんよ」

「しかし、俺の女房になる女がどんな女か、安芸は一度も訊いたことがないな」

「訊けば話してくれますか？」

「そうだな」

「話さないでしょ、絶対に……」

「一つだけ話せる。安芸には到底、敵わない女だ。顔も頭も、体も……」

安芸は黙りこくったままで、自分は罪深い女だとでも言いたげに、長い溜息をついてから、ぼそぼそと聞き取れないような声で、

「おとっつぁんが死んだばかりだというのに、私はその悲しみよりも、栄吉さんとの逢瀬の方を楽しんでる。酷い女です」

「そんなことはない」

「さっきの木賃宿を訪ねて、あなたに会えるとは思ってもみなかった。最後の最後に、会えてよかった。これも、おとっつぁんが計らってくれたのかって。そんな都合のよいことまで考えてました」

「うん」

「私は、栄吉さんが心変わりをしても一向に構いません。同じ時に、同じ所で生きていると思えるだけで幸せなんですから」

「安芸……」

「その代わり……」

　と安芸は立ち止まって、栄吉をきちんと見上げて、

「どうか、川越街道の六つの宿場町が、なんとか生き残れるような策を立てて下さい。これはお約束ですよ」

「ああ。そのために、俺は勘定方になるのだからな。しかも逼迫《ひっぱく》した財政を建て直すというような目先の仕事だけではない。おまえが教えてくれたように、街道と川筋と、いずれもが成り立つような秘策を打ち立てるよ。でなければ、吉田家に入る意味がない」

　前途洋々とした輝く目で、栄吉は安芸を見つめ返したが、

「でも、あなたはいずれ、私を忘れます。お嫁さんに子供ができて、父になり、出世して部下を抱えて、藩の重要なことを任されていくうちに、きっと私のことは……」

「そんなことはない」

「いいえ。それでもいいのです。言ったでしょ？　あなたは世の中の役に立つ立派なお方です。だから、本当に頑張って下さいね」

「………」

「お願いしますよ」

栄吉はどう答えたらよいか迷った。

安芸の本心は、ここで引き止めたいのではないのか。

――吉田家に入らないと決心し、結納はしない。

と誓ってほしいのではないのか。図らずも結納が先延ばしになったので、元の関わりに戻したいのではないのかと勘繰った。

再び歩き出した栄吉は、何度も、

「俺は吉田家には行かぬ。おまえを嫁にする。おまえだけを一生大切にする。そのためだけに生きる」

と言おうとしたが、安芸は爽《さわ》やかな顔をしていたので、一言もそのことには触れなかった。

ただ、昔から二人で一緒に歌っていた、夕焼けを詠んだ童歌《わらべうた》を一緒に歌いながら、白子宿に向かった。

問屋場に着いた頃には、本当に夕焼けが広がって、宿場は真っ赤に染まっていた。

いくら寂れつつあるといっても、問屋場を休むわけにはいかない。紹兵衛の葬儀は、脇本陣で執り行われるように、他の宿場の名主や町役人、宿場役人らが集まって、忙しく準備をしていた。

奇異な殺され方をしたので、余計に丁重に盛大な葬式にして供養するよう、宿場の名主たちは気を引き締めていた。

その最中、安芸と一緒に来た栄吉の姿を見て、宿場の者たちは険悪な目を向けた。殊に宿場名主たちは言葉にこそ出さないが、

――おまえが殺したのではないのか。

とでも言いたげに鋭く睨みつけていた。

「やはり、俺は嫌われているのだな」

栄吉は居心地の悪さに、脇本陣の近くまできて佇んでしまった。

「このままでは、吉田家に入って藩の政《まつりごと》を進めようとしても、名主連中にそっぽを向かれてしまうな」

「そんなことはないと思うわ。きちんと話せば、みんな分かってくれます」

「いや、金と地位に目が眩んだ酷い奴だと、俺の耳にも入ってきてるよ。俺はどう言われようと構わないが、親父が可哀想だ。ただただ川が好きで、藩の人々や旅人のために一生懸命、尽くしてきただけなのに」

「それは私のおとっつぁんも同じ。だから、変な遺恨は残さないで、みんなでうまくやっていきたいのよ」

宿場に入ってから、栄吉と安芸は他人行儀に少し離れていた。しかし、傍目にも、二人は

今でも深い仲だと分かる。以前は、許嫁同士、よく散歩をしていた。誰もが羨《うらや》むほどの二人連れだった。なのに、栄吉が裏切った。だからこそ、

——どうして、一緒にいるのだ。

と安芸の知人たちは、不愉快な表情さえ浮かべていた。

「よく来られたものだな。栄吉さんよ。どうせ、おまえたち父子がハメたんだろ？」

「そうだそうだ。真夜中に呼び出して、グサリかよ」

「怖い奴らだ。そんなに訴訟されたのが憎いか」

「おまえも夜道に気をつけた方がいいぞ」

などと脅すような声が色々と飛んでくる。下手すれば本当に取り囲まれて、酷い目に遭いそうな怒りに満ちた雰囲気が漂っていた。それでも栄吉は、自分は何ら疑われることはしていないと堂々と振る舞っていた。

それがかえって反感を買って、宿場の若い衆たちが、威嚇《いかく》するように近づいて来ては、顔を擦りつけるようにして睨み、

「生きて帰れると思うなよ」

と恫喝していた。そんなことを言えば、いずれ役人になる栄吉である。後で、理不尽な仕返しをされると恐れてもよさそうだが、その前に、ぶっ殺してやるという険悪な熱気を帯び

ていた。

そんな目で栄吉を見ないで欲しいと安芸は訴えたが、もはや甘い言葉は通じない。宿場者たちの怒りは頂点に達していた。紹兵衛の死によって、訴訟が停滞することは確実である。訴人が亡くなったのだから、改めて出直さねばならないからだ。

「安芸さん。あんたも、こんな男に未練を持っちゃならねえ」

「んだ。こいつは街道潰しの元凶だわさ」

誰とはなしに声をかけてくる。安芸は対応に困ったが、どうかおとっつぁんを安らかに眠らせて欲しいとだけ訴えた。

しかし、悲惨な殺され方をしたと聞いた宿場者たちは、無念さだけが募る。事と次第では、川船衆と〝戦〟だと、いきり立っている若者たちも多かった。

そんな中で、旅籠『鼓川』の主の源五郎だけは、心静かに対応していた。普段から口数は少ない方だが、何か胸の中に秘めているような沈痛な面持ちであった。

七

その頃、薙左は、一年前まで『喜船』に雇われていた船頭から、重要なことを聞き込んでいた。昨夜、栄吉は赤木の自宅にも、川越の吉田家屋敷にもいなかったというのだ。

「それは本当か⁉」

「へえ。あっしは今、扇河岸で近場の荷船を扱ってンですがね、朝早くに河岸で見かけやしたよ。その前の晩は、『ききょう』という小料理屋で仲間と飲んでましたしね」

「仲間……？」

「〝講《こう》〟仲間でさ」

「なんだ、その講というのは」

「〝頼母子講〟ですよ。色々な人が金を出し合って、商いの元手にするんです。籤《くじ》をして当たった者が一挙に金を持つことができるんでさ。それで、これからもっと伸びる荒川や新河岸川沿いで、旅籠やら食い物屋、見世物小屋などの商売ができるための〝株〟を買うんでさ」

「株……川越藩が発行しているのか」

「それはまだですよ。栄吉さんが見事、勘定方で偉くなった暁にね」

いわば、利権の前売り、というところか。それも藩財政を潤す起爆剤になるのかもしれない。薙左はそのカラクリには興味はなかったが、扇河岸に栄吉がいたのは大いに気になった。

紹兵衛の遺体を見つけた船頭が、数人の人影を見たと証言したが、そのことと関わりあるのかもしれない。

薙左はすぐさま、小料理屋『ききょう』を訪ねて、女将や板前に、その時の様子を訪ねたが、いつもの寄合で、特段、変わった様子はなかったという。もちろん、寄合は前々から決まっていたことである。突然、朔右衛門に呼び出された紹兵衛を、栄吉がここで待ち受けているはずもなかろう。

しかし、薙左は女将の一言に、疑念を抱いた。

「来月の席では安芸の親父さんに当たるように、うまく仕組んでおいてくれないか」

ということを、栄吉は講の運営を任されている河岸組合の差配役に頼んでいたというのだ。それが事実ならば、紹兵衛も、頼母子講に加わっていたことになる。

つまり、はっきりとした接点があるのだ。朔右衛門から祝言を正式に断られた後で、扇河岸まで、栄吉に会うために来たことも否定はできまい。

――もしかしたら、紹兵衛は腹が立ち、悔しさのあまり、栄吉に一言文句を垂れようと、寄合をしている店に足を向けたのかもしれない。

そこで何やら揉めて、殺されるという悲惨な事件に発展したのではないかと、薙左は勘繰ったのだ。

『ききょう』では、寄合の後、栄吉の〝出世〟の前祝いの宴として、明け方近くまで飲んでいたという。そこに来た紹兵衛と激しくぶつかったとしても不思議ではない。しかし、寄合に出ていた者はみんな否定しているし、店の女将らも、紹兵衛の姿は見ていないと話した。

「まさか……」

みんなして口裏を合わせて、紹兵衛をどうにかしたのではないか、という疑念すら浮かんだ。なぜならば、寄合の面々は皆、川船衆贔屓《びいき》だからである。そんな考えをちらりと伝えると、『ききょう』の女将は俄然《がぜん》、反論した。

「冗談じゃありませんよ、旦那。あなたは栄吉さんがどういう人か知らないから、そんな無礼なことを言うんです」

「疑ったのは悪い。しかし……」

「しかしもカカシもないわよッ。栄吉さんは立派なお人だ。川船のことだけではなく、街道のこともちゃんと考えてる。ああいう人がお役人になれば、きっと紹兵衛さんが望んでいたことも、きちんとしてくれる。余所者の旦那になんか分かりっこないだろうけどね」

あまりにも必死に言う女将の言葉は、心の底から出ている熱気を帯びていた。信頼している心に嘘偽りはないであろう。だが、薙左にしてみれば、

——惚れた女を捨ててまで、出世を選ぶ男とは一体何なのだ。

という思いが拭いきれなかった。

「ふん、それは旦那がまだ若いからさ。男と女のことは、二人にしか分からない、色々なものがゴチャゴチャとあるんだよ」

「色々なものが……」

「そうだよ。あたしゃ、お安芸さんとも何度も会ったことがあるよ。日陰に咲くような、つつましやかな娘さんだよ。でもね、心は、そんじょそこらの女にゃ敵わない」

「敵わない？」

「ああ、性根が違うね。女は海というが、本当に、あの娘の心は海だね。広くて深くて、ちゃんと包んでくれる。だから、栄吉さんも安心して、自分の道を進めるんだ」

「そんなものですか」

「ああ、そんなものだよ」

　薙左にはそれでも釈然としないものが残った。満たされない心を、別の何かで埋め合わせることができるのであろうか。栄吉の方はいい。しかし、安芸はこれから先、一生、結ばれることのない相手のために、ひたすら思い続けるのか。それとも、どこかで人生の曲がり角にぶつかるのか。

　他人の人生のことながら、薙左は安芸のことが気がかりになった。

　その夜も、薙左は夜通し探索を続けた。

どんな小さなことでもいい。紹兵衛の死と繋がるものを、つぶさに調べたのである。

すると案の定、扇河岸からわずか半里離れた上新河岸で、紹兵衛を見かけた者がいた。ここには高瀬船のような百石くらいの大ぶりなものから、茶船、海鼠《なまこ》船などの小型の曳き船が立ち寄る所であった。

「ああ。たしかに紹兵衛さんだったよ。俺は、以前、白子宿の〝立場《たてば》〟で働いていたが、人減らしで、こっちへ移って来たんだ」

と周旋屋の親爺が、しょぼついた目をパチパチさせながら言った。

立場とは、人馬が休息するところで、人足が杖《つえ》を立てかけて休んだことから、そう呼ばれていた。立場の世話役はいわば宿場のちょっとした顔役でもある。河岸に移っても、人足の斡旋《あっせん》などをしていたのだ。

「紹兵衛さんは、何をしてたんだ？　しかも、真夜中だろ」

「分からねえ。ただ、精気のない顔で茫然《ぼうぜん》と歩いててな、俺は声をかけたんだ」

「そしたら？」

「ちらっと見たが、素知らぬ顔で向こうの方へ……」

と扇河岸の方を指した。

「あんたは、真夜中に何をしてたんだ」

「俺たちゃ、朝早くから夜遅くまで、仕事があるわな。江戸に送る荷物は昼、夜、関わりねえからな」

「ま、そうだな」

薙左は悄然《しょうぜん》と肩を落とした。ますます紹兵衛の行状が分からなくなったからである。

一人で扇河岸に来たのはたしかなようだ。しかし、そこから先が分からない。何のために、どうして来たのか。栄吉に対して、娘のことで直談判に来たわけでもないのなら、一体、どうして唐突に遠い河岸に来たのか。

すると、周旋屋の親爺が、ポツリと言った。

「そりゃ、吃驚《びっくり》したさ。夜中に見た名主の紹兵衛さんが、翌朝、死体で見つかったと聞いたときにはな。だが、紹兵衛さんが見つかったあの辺りは、〝ズドン〟といって、川底に急な深みがあって、穴ボコみたいになってる。そのせいで、流れが複雑だから、下手すりゃ沈んだまんまだ」

「え？　沈んだまんま」

「ああ。でも、舟止め杭に結ばれてたって話を聞いたときには、なんとなく、ああそうかと思ったよ」

「ああそうかって、何が」

「わざと死体を結んだンだろうなって。でねえと、沈んで分からなくなるもんな」

薙左は胸の奥に、キリキリと突き刺さるものを感じた。

――人目につかせるために、わざと晒した。

ということに、である。

「訴訟を起こした紹兵衛を、逆恨みした奴が、見せしめに晒した……」

そうに違いないと、薙左はずっとそう考えていた。だが、

――ひょっとしたら、ひょっとする。

という新たな思いも起こった。

「親爺さん。扇河岸の近くでは、数人の者たちが、紹兵衛さんの遺体を見ていた節があるんだ。そいつらに心当たりはないか」

薙左がしがみつかんばかりに訊くと、親爺はしばらく首を傾げていたが、

「それと関わりがあるかどうか知らねえが、その前の日に見たよ」

「何をだ」

「白子宿の奴をな」

「誰だか、知ってるのか」

「知ってるも何も……」

親爺の顔が紅潮するのを、薙左は食い入るように見ていた。

八

紹兵衛の通夜はしめやかに終わり、翌日の本葬の折には、誓願寺の住職ら数人の僧侶が集まり、壮大な式を執り行った。

金子の家は代々、問屋場当主を任されており、宿場名主もしていたから、川越藩主からも代参が悔やみを届けに来たほどだった。参勤交代の折に、本陣にて世話をするのは紹兵衛だったとはいえ、藩主からの言葉は有り難かった。

しかし、実質は、藩から訴訟を放っておかれたのである。その無念さの中で死んだのだから、後の訴訟にも影響すると思われた。

訴訟直後のことだから、ということで、公儀からも使いが来ていた。町奉行所吟味方出入筋掛かりの与力だった。早馬の報せで、急遽《きゅうきょ》、駆けつけて来たのである。道中奉行の代理や関八州を預かる代官の手代らも訪ねて来ていた。

船手奉行所からも、与力の加治周次郎が参列しており、その物々しい雰囲気は、宿場の者たちも緊張するほどだった。改めて、紹兵衛の地位や人柄を感じさせる葬儀だった。

もちろん、鮫島も重々しい淀みの中で、辺りを凝視していた。何か事が起こりそうな雰囲気が漂っていたからである。

「薙左の奴、何処まで行ってやがンだ。あのばか」

昨日、木賃宿から追い出したまま、帰って来ていないのである。

読経による法要、焼香などが済んだ頃、遺族の代表として一同の前に出たのは、旅籠『鼓川』の主・源五郎だった。紹兵衛とは遠縁にあたるのだが、喪主である娘の安芸は、心身が疲れていて、挨拶をするのも苦痛のようである。

代わりに立った源五郎は険しい顔のまま深々と頭を下げると、

「無念だと思います」

と開口一番、そう伝えた。

参拝者の中には、訴訟相手の朔右衛門も、栄吉もいる。もちろん、川船衆の頭領格の連中も顔を揃えていた。迎えている宿場の若い衆たちは、いや年寄り連中も、事あらば〝一戦交える〟つもりで、腹をくくっている様子だった。

「無念、残念……悔しさに胸を痛めて、最期を迎えたんだと思うと、私までが悔しくてなりません」

一同は何を言い出すのだと、源五郎を見やった。

「私は、今般の訴訟に際して、初めは反対しておりました。なぜなら、川越藩のお殿様がお取り上げにならないものを、御公儀が請け負うとは到底、思えなかったからです。皆様もご存じのとおり、川越藩は代々、老中や若年寄など幕府の重職を勤める御仁が藩主であられました。だから、名主の訴えなど、けんもほろろに断られると思っていました。事実……」

と源五郎は、ちらりと鮫島の方を見て、「御公儀から、船手奉行の方が見えたときには、ああ、やはり公儀はやる気がないのだ。川船衆の味方をして、訴訟を取り下げるように説得しに来たに違いないと思いました。事実、長い間、私の旅籠で紹兵衛さんと話をされていましたが、結局は、訴訟をしたところで、宿場には何の益もないであろうということを、お役人様は述べるだけでした」

鮫島も不思議そうに見やっていたが、加治は淡々と聞いていた。事情は、鮫島から聞いていたが、やはり、

――腑に落ちないこと。

があるからである。薙左が戻って来ないのはたしかに気がかりだったが、

「奴のことだ。またぞろ、しつこく何かを追いかけているのであろう」

と心の中で呟いていた。

源五郎はぐっと堪《こら》えていた涙を、突然、溢れさせながら続けた。

「何度も何度も、川船衆の人たちからは、酷い嫌がらせや脅しをかけられていました」

俄に参拝者の中にざわつく者がいた。その言い草は明らかに敵意を剝《む》き出しにしていたからである。

「それはそれは酷い仕打ちでした。時には火を放たれ、夜道では木刀で殴られ、女子供たちにも、その手は伸びてきました。川船衆の中には、『街道を通れば、殺す。必ず船を使え』などと旅人までをも脅す者がいたのです。同じ人間とは思えません。もちろん、私たち宿場者が、川船に客や荷物を奪われて困っていたのは事実です。ですが、何とか共に生きていける方法はないか、新しく手を結べることはないかと、何度も懸命に色々な話を出してきました。でも、それすら梨の礫。まるで、強い者が勝つ、用のない者は去れ、とでもいう口調で、私たちをバカにするのです」

「…………」

鮫島は黙って聞いていた。たしかに、川船衆と宿場者の小競り合いや喧嘩はいくつもあった。しかし、源五郎が言うような陰湿な脅しや虐めがあったとは思えない。

——大袈裟に言っているな。

と鮫島は感じていた。もっとも、被害を受ける側は、そういうものだ。

川船衆の方としては苛立ちを隠せなかったが、場所が場所だけに、我慢をしている様子だった。

「どんなにバカにされようが、コケにされようが、紹兵衛さんは宿場名主として、我が身の危険を顧みず、色々と尽力をなされた。親しかった朔右衛門さんとも、数えきれないほどの寄合を持った。でも、出た結論は、お安芸さんと栄吉さんの仲をも引き裂くものでした。その上……」

源五郎がさらに続けようとしたとき、堪忍袋の緒が切れたのか、

「黙れッ。何を言うか！」

と怒声を上げた。それは、朔右衛門の『喜船』で働く手代たちであった。

「葬儀をいいことに、あることないこと言いやがって！　鼓川！　こりゃ、何の真似だ！」

その一声がキッカケで、参列者たちはワッと勢いよく立ち上がった。それを待ってましたとばかりに、源五郎は声を張り上げた。

「御公儀の方々！　ご覧になりましたか！　川船衆の地金が出ましたよ！　こうやって、いつも脅しをかけては、邪魔ばかりしてきたのです！　そして、とうとう、紹兵衛さんを殺したんです！」

「てめえッ。言っていいことと悪いことがあるぞ！　殺したのなら証拠を出せってんだ、証拠を！　どうだ、出せめえ！」

「なんだと！　その言い草がもう殺しを認めてンだ！　惣領はてめえらに殺されたンだ、このやろう！」

安芸は必死に、やめてくれと叫んだが、もはや混乱は避けられないと思われた。

その時である。

怒声が飛び交う中に、凛然《りんぜん》とした薙左の姿が現れた。そして、

「醜い争いはやめて下さい。あれは事故です……事故なんです」

とポンと小鼓から飛び出したような明瞭な声で言った。

「事故？」

川船衆も宿場者も、啞然《あぜん》となって薙左の方を見やった。薙左は祭壇に深々と礼をしてから、一同に向き直った。

「ええ、事故です。過って川に落ち、そのまま、丁度、首を吊るような格好で舟止め杭に引っかかって、不幸にも死んでしまったのです。川の流れはきつい。自分の体の重みで、首が締まってしまったんでしょう。あの場所は、沈めば、なかなか浮かび上がらないとか。不幸には違いありませんが、すぐに見つかってよかった」

薙左が川底のことを話したので、事情を知っている川船衆は黙って頷いて聞いていた。しかし、源五郎の方が身を乗り出して、

「それこそ事故だという証なんぞ……」

と言いかけるのへ、薙左にしては激しく語気を強めて、

「事故なのです！　そうでしょう！」

と睨み据えて、そのまま目を放さなかった。

いつもと違う薙左の様子をじっと窺《うかが》っていた加治は、何かあるなと察したが、黙って見守っていた。

源五郎は薙左から目を逸らして頷いた。

「あの辺りは、増水した時など、無理に渡っていると、熟練の船頭でも櫓を操りそこねて、船をひっくり返しそうになることがあるらしい。そういう時は、陸路を行く方が安全だし、確実に着くことができる」

薙左は諭すような目で源五郎の肩を押さえて座らせると、

「私のような若造が言うことではないかもしれませんが、船手奉行所は、河川の事故を未然に防ぐことも仕事のひとつです。ですが、それは皆さんのような方々に協力してもらわないと何もできない」

「何も？」

栄吉は思わず薙左を見やった。

「ええ、何もできません。人と人が手を取り合わない限り、何もできません。川も大切だが、街道も大切。どっちが儲かるとか、早いとかじゃなくて、お互いを補えばよいではないですか」

　源五郎もじっと見つめている。

「例えば、雨の日には船便が便利なこともありましょう。でも、増水すれば危ないし、逆に水が少なくなれば、重い荷物は積めません。旅だってそうだ。一気に江戸まで行きたい人もいるが、逆に江戸の人は、ゆっくり旅を楽しみながら歩きたいものです。紹兵衛さんの〝事故〟は、思いがけないことでしたが、川の危なさも教えてくれた。これからは、お互い宿場と河岸が手を結び、きちんと道を結べばどうですか。船に乗った人は、旅籠代を割り引きするとか、逆に旅籠を何軒か渡り歩いたら、帰りの船は只にするとか……。お互いに知恵を出し合って互助すればいいのではないですか？　同じ荒川沿いの住人じゃないですか」

　葬儀の席であるせいか、若造の話でありながら、なんとなく一同は振り上げた拳《こぶし》を下ろしてしまった。そして、米吉が一言、

「この人の言うとおりだ。みんな、よろしく頼む」

　と頭を下げると、誰も文句は返さなかった。

　静かに葬儀が続けられた。そして、なぜ紹兵衛が扇河岸に行ったのかという疑問は、誰の

頭からも消えていた。


　葬儀の後――。

　精進落としを兼ねて、旅籠『鼓川』に薙左と鮫島、そして加治が立ち寄った。

「吟味方にも話したが、この訴状は一旦、取り下げてもらいたい」

「でも……」

　不満そうな顔になる源五郎に、加治はきちんと説明をした。

「川船を差し止めるのは、それこそ無謀というもの。しかし、乗合は当面、病人や女子供だけとして、見合わせることも可能であろう。但し、荷船に同乗するのは、その限りにあらず、であろうがな」

　それでもまだ不服そうな源五郎を、薙左はじっと見据えて言った。

「もし、あなたが、紹兵衛さんの自害に手を貸していたと世間にバレたら、何とします？　あなたが三尺高い所へ行って済む話じゃない」

「じ、自害だと……分かっていたのですか!?」

「ええ。覚悟の上の自害です。紹兵衛さんは、いかにも川船衆の誰かに殺されたと見せかけて、自害した。殺されたとなれば、訴訟は有利に運びますからね。世間からも同情されるでしょう。人の命を預ける船頭らが、そんなことをしたとあっちゃね」

「……………」

「だが、川船衆を陥れるための自害だということが知れれば、逆に、街道筋の者たちが悪者にされてしまう。このままでは、永遠に仲良くなんかなれません」

「旦那……」

「天網恢々疎《てんもうかいかい》にして漏らさず。あなたの宿の若い衆が何人か、紹兵衛さんと一緒にいたのを、立場の親爺が見てたんですよ」

「……………」

「店の若い衆をお縄にしたいですか？　若い衆は、紹兵衛さんが自ら川に入るのを止めることができずに苦しんでいたことでしょう。でも、紹兵衛さんの決意の方が強かった。そして、源五郎さん。あなたは、紹兵衛さんから預かった遺書どおりに、葬儀であんな芝居を打ったのですね」

源五郎は悄然と項垂《うなだ》れた。その背中に、加治は声をかけた。

「墓場まで持って行け。でないと、そう裁断したこの若造の首も飛ぶことになる。船手同心として、やっちゃならないことをしたんだからな」

「へい、ありがとうございます。死ぬまで、いいえ、死んでも誰にも喋りません。ただただ宿場のために尽力します。川船衆と仲良くします」

　涙ながらに訴える源五郎に別れを告げて、薙左らは江戸に戻ろうとした。

「船で行くか」

　と鮫島が言うと、薙左は空を見上げて、

「いえ、今日は歩きたい気分です」

「そうか。なら、俺は、加治さんと一足先に船で帰る」

「どうぞ。あ、サメさん。お安芸さんと栄吉さんは、やはり……」

「うむ。栄吉は婿養子に、お安芸は遠くから見守る。その姿勢は変わるまい。そう悲痛な顔をするな。男と女には色々な形があるもんだ。見ろ、あの雲のようにな」

　鮫島はそう言うと、加治と河岸の方へ繋がる農道へ折れた。

　薙左はまっすぐ街道を進む。

第三話　飾り船

一

静かな波音だけが、繰り返し船底に当たる。

「お兄さん、ちょいと乗ってかないかい？」

ふいにかかった女の声に、釣り舟を流していた薙左は、

——やっと引っかかった。

と胸の奥で、どんよりしていたものがチクリと弾けた。

さりげなく振り返ると、真っ赤な手拭いで頬被《ほおかむ》りをして、その端っこを、これまた真っ赤な唇で噛んでいる。

月のない隅田川でも、永代橋より下流の河口付近では、釣り舟がどっと出ていて昼間のように明るい。だが、ほんのわずか海へ出た辺りになると、行灯《あんどん》の下のようにストンと暗くなっていて、目を凝らしても顔が見えないほどだった。

おちょろ船である。

大概は、海洋を航行する三十石船や五大力船《ごだいりきせん》のような大型の船が停泊している所へ寄せて、水主を相手に春をひさぐ女たちが乗る船である。女たちは、〝船まんじゅう〟と揶揄されて

いる遊女で、簡単に済ませる陸の〝蹴転《けころ》〟のようなものである。

理由は色々とあるだろうが、海や川の上で春をひさぐ女たちは、なにがしかの哀れな過去を引きずっており、その苦界《くがい》から抜けられないまま、いつ明けるとも知らない年季まで働き続けているのである。

そもそも年季だって、吉原や深川の岡場所のようにあるわけではない。中には、夜鷹《よたか》と同じで、女郎屋でも零《こぼ》れてしまったような醜女《しこめ》や年増がいることも多かった。

「お兄さん、夜釣りが好きなのかい？」

「ああ、まあな」

「今夜は何が釣れるの？」

「魚も寝ているのか、なかなか食らいついてこない。ま、この辺りじゃ、穴子かな」

「そんな仕掛けで穴子が釣れるの？」

薙左が持っている竿《さお》が鱚《きす》用なのだと、見抜いているようだった。

「まあな。腕比べをしてるんだ。この竿で何匹釣れるか、他の釣り仲間とな」

「酔狂だねえ」

「お姐さんは、こんな所で何をしてるんだい。まさか夜釣りじゃあるまい」

「おや、妙なことを言うじゃないか」

と女郎は鼻先で笑ってから、

「私も釣りだよ。男をさ、釣ろうって来たんじゃないか」

「男をねえ」

「惚けちゃってまあ」

女郎は腰を折るようにして薙左の顔を覗き込むと、

「あらら。こんな若いお兄さんだとは思わなかったよ。まだ成魚になったばかりってところかねえ。今日は、いい日だ」

「俺もついてる。お姐さんのように綺麗な人と会えるなんてね」

「あら、上手だこと」

と微笑み返した女郎は、もう有無を言わさぬというように船縁《ふなべり》を引き寄せて、錘《おもり》のついた綱を結んだ。二艘の小舟を結んで、丁度、筏のようにすると、

「そっちに移っていいかい?」

言うよりも早く、這うように跨いで、薙左の方へ移って来た。舟がゆらりと傾いたので、あっと薙左の腕にしがみつくように凭《もた》れかかったが、それがわざとであることは、初《うぶ》な薙左でも分かった。

「いい匂いだね」

薙左の胸元をさりげなく嗅ぐと、子供のような笑顔を作って、

「男の匂いってのは、潮の香りに消えてしまうんだ。でも、あんたは違う。香魚《あゆ》みたいに爽やかでさ、それでいて、お日様みたいな温もりがある。うん、ほんと」

男をたらし込むための決まり文句なのであろう。中には、おとっつぁんみたいな人だから好きになっちゃったとか、別れた男にそっくりだとか、そう話しながら関心を引こうとするのが女郎だ。

しかし、薙左は素直に照れながら、

「そうかな、汗くさいと思うがな。なにしろ、もう三刻（六時間）もこの辺りを徘徊《はいかい》してるのに、一匹も釣れないからね」

「一匹も？」

「ああ。いや、一匹だけ引っかかったが、暴れて逃げられた」

「あらら、本当に下手なんだね。でも、女を釣るのは、案外、上手だったりして」

「いや、俺は……」

ほんのわずか腰をずらすのを、女郎は自然に抱き寄せるようにして、柔らかい唇を薙左の耳元に触れさせ、生暖かい息をふっと吹きかけた。薙左はずるりと滑りそうになって、懸命に船縁を摑んだが、その弾みで竿を海に落としてしまった。

女郎は竿のことなど気にする様子はなく、

「今は凪《な》いでるみたいに静かだけど、もうすぐすると、引き潮で波が大きくなる。やるなら、今のうちだよ」

「あ、待ってくれ」

「折角、こうして男と女が会ったんだ。何もしないで帰るなんて、そんなのつまらないじゃないさ。さあ、楽しもうよ。それとも、こんな年増は嫌かい？」

年増というほどの年ではない。二十五は過ぎているであろうから、世間的に言えば、薹《とう》が立った年頃と言えるかもしれない。しかし、薙左から見ても、肌は抜けるような白さだったし、目鼻立ちがはっきりしている美形のせいか、どうしてこんな商売をしているのか不思議なくらいだった。

「いや、俺は……」

薙左は本当に困ってのけぞったが、それにのしかかるように倒れてきた。

「俺は、そんなつもりで夜釣りをしていたのではない。やめてくれ」

真面目だけが取り柄の薙左にとって、おちょろ船の女郎を探索するのは、少々、厳しいことであった。しかし、任務とあらば、やらざるを得ない。事件を選ぶことなど、同心稼業にはできない相談だ。

女郎を〝摘発〟するのが使命ではない。

事は三月ほど前に溯る。船手奉行は、抜け荷や阿片の密売の摘発などにも与《あずか》っており、水際で押さえることが厳命されている。しかし、江戸湾をすべて洗うことなど到底無理な話である。そのために、狙った獲物をひとつでもよいから捕らえることによって、芋蔓式に引きずり出すということになる。

今般の阿片騒ぎは、何処の船が〝元締め〟かまったく当たりがついていない。だから、長い間かけて、地道に探索を続けてきたのである。

そのひとつが、女郎探し、であった。

おちょろ船の中でも、少し値の高い質の良い遊女のいるのは、『飾り船』と呼ばれている。まるで烏賊釣り舟のように、煌々《こうこう》と灯りを灯している船もあれば、薄暗い行灯明かりもあり、中には居酒屋屋台のような赤い提灯を下げている船もある。

そんな飾り船には、大きな後ろ盾があるのが普通で、例えば一ツ橋様お声がかりのようなものまであるから、下手に近づくことはできない。

しかし、そういう船は、公許ではないにしろ、後ろ盾に迷惑がかかってはいけないから、売春以外の、罪になることはしないことになっている。ゆえに、阿片に手を出すことはほとんどない。万が一、バレたら、商売ができないどころか、処刑されることもあるからである。

だが、一人でやっている女は違う。もちろん、一人といっても、舟を貸し与える元締めはいるが、漁師や船頭を束ねている大森や汐留のならず者が多かった。

薙左に声をかけてきたのも、その手合いであろう。そして、飾り船でない女の方が、阿片の秘密の〝売人〟をしている可能性が高いのである。

「お姐さん、俺は本当に、そういうことをしたくて、ここにいた訳じゃないんだ」

「分かってるよ。釣りだろ？」

「だから……」

「でも、釣りの合間に、ちょっとだけ休もうじゃないか」

「でも、名も知らぬ相手とは……」

「本当に真面目な若旦那なんだね。私の名は、そうさね、お波。波のように押し寄せたり、引いたり……。身も心も、男次第でどうにでもなる女さね」

暗がりの中で、お波と名乗った女郎は、しみじみと薙左の目を見ていた。お波という名前が本当かどうかも分からない。とっさに口をついて出ただけかもしれぬ。

「ねえ、旦那。あら、お侍なんだね」

町人髷でないのは分かるであろうが、艫《とも》のあたりに両刀を置いてあるのに気づいて、ほんの少しだけ警戒したような目になって、

「まさか、お役人じゃないよねえ」

「私が？」

「違うのかい？　ふん、まあ、いいさ。お兄さんみたいないい男にお縄になるのなら、私も潮時だって諦めるさね」

　そう言いながらも、どこか探りを入れるような目に変わったことは、薙左にも分かった。その身のこなしの軽さが、妙に引っかかる薙左であった。

「お姐さん。別に私は、女が欲しくてここにいた訳じゃないんだ。でも、釣りをしていたってのも、半分は嘘だ」

「え……？」

　お波は不思議そうな顔になって、わずかに薙左から離れた。

「星を見てただけなんだ」

「星を？」

「ああ。この舟に寝転がって、空を見上げてると、面白いんだ。色々な星があって、時々、流れ星も飛んで……」

　つと、お波も空を見上げた。そして、しばらく眺めていて、

「へえ」

と感嘆の溜息をついた。

「はあ、こんなに星があったんだ。あたしゃ、しばらく空を見たことなんて、なかったよ。本当に綺麗なんだねえ」

仰向けになったお波のその手は、薙左の袖を握ったまま放さない。あんたも一緒に横になりよと、引っ張るのだった。

二

翌日、船手奉行所のある鉄砲洲あたりは、強風のために、波飛沫《なみしぶき》が雨のように降りかかっていた。

船手の象徴である朱門も、銀色の波に包まれて煙っていた。

「お波と言ったのか、その女」

与力の加治周次郎は何度も確かめるように尋ねた。同心の鮫島拓兵衛と水主頭の世之助も、怒濤の鳴り渡る中庭に面した詰所で、薙左の話を聞いていた。

「その名は、嘘かもしれねえな」

鮫島が言うと、薙左は半ばムキになって、

「そりゃ、あんな商売をしてるんです。本当の名を言う訳がないじゃないですか」

「まあな」

「だから私は、できる限り、女の素姓が分かるように色々と話を聞いてきました」

「寝物語にか」

「私はそんなことはしません！　たとえ探索の命令でも、そんなことはしません！」

「何を言ってンだ。相手はそれが商売じゃねえか。どうってことあるめえよ」

「サメさん！」

「分かった、分かった。おまえの頑固で偏屈なのには、付き合ってる方が疲れる。さぞや、その女郎も辟易してただろう。まさか、一晩中、星を見上げて話してたってンじゃねえだろうな。ガキみてえに」

「ガキで悪かったですね」

「ほんとかよ」

「はい。お金はちゃんと払うけど、何もしなくていいから、一晩中いてくれと頼んだんです。初めは、春をひさぎに来たんだから何もしない訳にはいかないと怒りましたけどね」

「そりゃそうだろう。遊女に一番言っちゃいけねえことだ。金は払うが何もしねえってのはな」

「バカ。当たり前だろうが。おいおい、おまえ、どんな暮らしをしてきたんだ」

鮫島が呆れた顔で溜息をつくのへ、加治はまあいいではないかと窘めて、肝心の探索の内容を話せと指示した。

「お波は、妹が一人いるらしいです」

「妹、な」

「はい。年は、六つ年下で、十九になったばかりらしいです」

「ふむ。身の上話を始めたわけか」

「私が聞き出したんですよ。人というのは、星を眺めていると、何となく正直に話したくなるものなんです」

「ほう。そりゃ初耳だ」

と鮫島が茶々を入れるように、からかいの口調で言った。

「本当ですよ。サメさんも、盆莫蓙《ぼんござ》ばかり見ていないで、空を見てみたらどうです。自分たちが、いかにつまらないか、いかに小さな営みをしてるか、分かるんです。すると、自分が悩んでいることなんて、もっと微々たるものに思えてくるんですよ」

「おまえの女の口説き方は分かったよ」


「そうなのですか？」

と加治は話を戻した。

「とにかく、お波は妹のために、女郎をしていると話しました」

薙左は滔々《とうとう》と話した彼女の身上を、まるでそこに女がいるように、感情を込めて丁寧に話し続けた。

お波は上州館林《たてばやし》の出で、親子揃って江戸に来てからは、料理茶屋や水茶屋などで働いていたという。ところが、父親が人に騙されて借金を背負うことになり、一家離散の憂き目に遭いそうになった。

だが、母親も上州女で気丈である。朝も暗いうちから蜆《しじみ》を拾って売り歩き、昼間は仕立屋で着物を縫ったり洗い張りをしたりする仕事を毎日続け、夜は料理屋で火を落とした刻限の後まで働いていた。

そんな暮らしを毎日続けていたら、体に変調をきたすというものだ。母親は突然の病に倒れてポックリと死に、父親も出稼ぎ先で事故に遭って死んだ。泣きっ面に蜂どころか、まさに不幸の〝てんこ盛り〟であった。

妹と二人きりになったとき、妹はまだ七つだった。お波ですら、十三の子供である。預かってくれる親戚もいない。こんな姉妹ができることといえば、物乞いか酌婦の真似事だった。

妹はともかく、お波はもう女らしく胸も膨らみ、体の線も艶やかになっていた頃だ。化粧をして、綺麗な着物を着れば、それなりに美しい娘になった。同じ年頃の舞妓がいることを考えれば、特に不思議なことでもない。

お波は気っ風のいい女将がやっている小さな茶屋に雇われて、出入りする男衆に酌をするだけの仕事についた。茶屋とはいっても、浅草奥山の外れだから、鑑札こそないが水茶屋も同じである。時には、春をひさぐ女に座敷を貸したりもしていた。

そんな客に酒や茶を運んでいるうちに、

──男衆《おとこし》は、こうすれば喜ぶんだ。ああすれば楽しいんだ。

ということを、なんとなく肌で感じるようになっていった。女が生きるための本能といってもよいであろう。お波は十五、六になる頃には、自然と客を取るようになっていたし、それが悪いというふうにも、あまり思わなかった。

その茶屋は、お波のお陰で繁盛した。お波を目当てに来る客が増えたからである。

二十歳になる頃には、一端《いっぱし》の水茶屋の女になっていて、いや、岡場所の女と言った方が相応《ふさわ》しかった。

しかし、妹はまだ何をして稼いでいるか分からなかったようだから、

「殿方に、お酒のお酌をしてるんだよ」

と説明するのがせいぜいであった。

妹もそれなりに成長したが、初《うぶ》なところがあって、姉のように、体を売ることなど考えてもみないだろうし、姉がそんな商売をしているとも思っていない。

だから、お波もあえて教えなかった。

ところが、不運は重なるもので、その茶屋の女将は、間男に有り金全部を持ち逃げされた挙げ句に、他の男にも騙されて、売春をさせた咎でお上に取り調べられるハメに陥った。そして、江戸所払いの刑に処せられたのである。

行くあてのないお波と妹は、女将とちょっとばかり関わりのあった男に連れられて、深川八幡様近くの岡場所に売られそうになった。だが、お波は必死に抵抗して、

「私はいい。でも、妹は勘弁して」

と頼んだのだった。

その男には少しばかり情けがあったのであろう。妹は小さな紙問屋に奉公させ、お波だけを岡場所に売り飛ばした。二人分働くから、というのが条件だった。

一日、三人か四人を相手にするところを、お波はその倍の男と体を重ねる日もあった。岡場所に来る男たちのあいだで、少しばかり名の知られる存在になり、いわば〝売れっ子〟になったのである。

だが、そんな日も長くは続かなかった。

労咳《ろうがい》を患ったからである。

お波は子供の頃から、男の子とかけっこや木登りをしても負けないくらい、体力には自信があった。大きな病もしたことはない。しかし、数えきれないほどの男を相手にしていると、嫌な病を貰うことだってあるだろう。それに長年の疲労が重なって、小石川養生所に隔離されなければならないほどの病に倒れたのである。

しかし、妹には報せないでいた。心配させたくなかったからである。

妹もどうせ、紙問屋の主の〝お手掛け〟にされるのがオチだと思っていた。しかし、紙問屋の主人は存外いい人で、それに輪をかけるように息子もしっかりした人物だった。妹は、その息子の嫁になることが決まったのである。

そんな妹のために、姉が女郎をしていたことなど、お波は人に知られたくなかった。だから、隠していたのである。

もちろん、妹の方も、姉は料理屋で働いているとはいうが、

――ひょっとしたら、体を売っているのではないか。

と、この頃になると薄々感じていたに違いない。だからこそ、誰にも話さないで、お波に会いに来ることもなかったのである。

ところが、ある時、お波が女郎であることが、紙問屋の息子にバレてしまった。実の姉が

そういう女だということが世間に洩れれば、商売にも影響がある。妹は、一方的に店を追い出されて、一時、行方が分からなくなった。

しかし、妹も姉に似て器量好しである。姉のことはともかく、本人は売春婦ではない。だから、自信を持って色々な奉公先を探していたようだった。そして、ある大店の若旦那に見初められたのである。

今度こそ、幸せを逃したくないと考えた妹は、姉のことはひたすら隠していた。そして、会うこともなかった。

「お波は、妹のために春をひさいでいたのですよ。実は奉公先の紙問屋には、姉からということで、毎月、決まった金子《きんす》を送り届けていたんです」

と薙左は言った。お波がそうしていたと話したのである。礼金を渡して、いつまでも雇っていて下さい。息子といい仲になったと聞いた後には、できれば、きちんと嫁にしてやって下さいと頼んでいたのだった。

だが、姉の思いは届かなかった。

「おい、薙左」

と鮫島は呆れたような顔になって、

「そんな話、まともに信じたンじゃあるめえな」

「え……？」

「女郎なんざ、その場で、どんな嘘だってつくんだ。まことしやかにな」

「そんなことはありませんよ」

「そのお波って女、お尻のあたりに、鯉の彫り物をしてなかったかい？」

「見てません、から……」

「だったら、もし今度会った時に確かめてみな。以前、俺が調べた奴かもしれねえ。下手すりゃ、おまえと〝兄弟〟になるところだったな」

鮫島はニヤニヤ笑いながら、

「そん時は、相模《さがみ》の出で、親爺と兄貴は漁師で海へ出たまま帰らなくて、仕方なく苦界に……なんて話をしてたぜ」

「嘘です！」

「ああ。嘘だよ、その女の話はな。そんな身の上話よりも、肝心の阿片の方はどうなんだ、え？」

「分かってますよ」

薙左は膝を組み直して、

「おちょろ船だけの稼ぎで、妹が世話になっている紙問屋に、あれだけの金を届けることなんかできないはずです」

「その話が本当なら、な」

「私は、こう思います。あのお波が阿片を扱っているのは、間違いないと思います」

「なぜだい。本人が使っていたとでも？」

「いいえ。こんなことを言ってたからです。月に一度、常陸《ひたち》の那珂川の船で『開運丸』というのが来る。その時が、一番の売上げだって」

「開運丸……」

と加治が身を乗り出した。いくつか拾い上げていた関東の海や河川を航行する三十石船のひとつだからである。

「開運丸には、船頭と水主は数人しかいません。なのに大稼ぎできるのは何故か？　ですから、今度は、開運丸が来るときに、私がお波に接触します」

加治は薙左のやる気を買っていたが、鮫島は冷めた目で見ていた。

——相手は、薙左のことを船手同心と勘づいていたのではないか。だから、近づいて来たのではないか。

そう思っていた。ますます風が強くなり、波飛沫が高くなってきた。今般の事件は座礁するのではないかと予感させるような大波であった。

三

永代橋を向島の方へ渡って、大横川に向かった界隈が深川漁師町である。

釣り舟や漁網などが所狭しと、浜から引き上げられている。風が強すぎて漁にならないからである。少々の波風やうねりは、海の男はモノともせずに立ち向かうが、今日は荒れすぎている。沖合に出るのは無謀というものであろう。

大風は漁師殺し、とも言われるほどで、腕利きの猛者も指をくわえているしかない。そんな日は自棄酒《やけざけ》でも呷って、ごろんとしているか、手慰みで博打でもするのが常である。

おちょろ船の女郎も同じであった。風が一番、嫌いだった。

漁師町の片隅に、木場の十九蔵《とくぞう》という、おちょろ船の元締めがいる。表向きはちゃんとした口入れ屋で、木場の人足や駕籠舁き、大店の奉公人や町内の塵芥拾いなどの世話をしている。

お波が所属しているのが、十九蔵が持つおちょろ船であった。都合二十艘ほどの船を持っており、朝から晩まで、海や川に漕ぎ出しているが、今日のような風では、漁師と同じで商売上がったりであった。

薙左と鮫島がぶらり、この町に足を踏み入れたとき、自身番から出て来た岡っ引が、

「これは船手の旦那方、お勤めご苦労さまでやす」

と声をかけてきた。木場の十九蔵とも繋がりのある、安吉《やすきち》という四十がらみの十手持ちだった。町方の本所廻りに世話になっているのだが、鮫島からもちょっとした小遣いを渡されていて、何か事件が起きたときには、手足となって働いていた。

「今日は隠密に回ってるから、船手、とは声をかけねえでくれ」

と鮫島が言うと、安吉は素直に従った。鮫島も薙左も身なりは着流しの浪人風である。一目で極秘に動いているのは合点したが、鮫島はともかく、薙左は浪人姿が板についていない。いかにも、

——何かを探ってますよ。

という目配せばかりしているからである。

「ふむ。安吉に見破られるようじゃ、昨夜の女郎にもバレバレだっただろうよ」

鮫島がからかうように薙左を見やると、安吉は声に出さずに、「十九蔵の所へ行くんですかい？」という顔をした。鮫島が小さく頷くのへ、

「今は行かない方がいいですぜ」

「なぜだい」

「南町奉行所の沢井《さわい》という新任の与力が来てます」

「沢井？」

「なんでも、以前は火盗改《かとうあらため》にいたそうで、どんな事件でもごり押しで解決する腕利きらしいですぜ」

「ああ、沢井誠一郎《せいいちろう》か。奴ならごり押しするだろうが、何を探索してるのだ」

「阿片でやす。旦那方と同じ」

「そうか」

「いやにあっさり認めますね。手柄を横取りされても構わないんですかい」

安吉がそう案ずるのへ、鮫島は苦笑して、

「おまえが気にすることじゃねえよ。それより、十九蔵の所には、お波という女郎がいるだろう。年は二十五……」

「へえ、いますよ。少々、年増になってきやしたが、まだまだ人気はあります。女郎の名なんぞ、一々、覚えてる奴はいねえでしょうが、よほど具合もいいんでしょう。船まんじゅうが近づいて来ると、〝お波〟か、と声をかけてたしかめる客も多いとか」

船には、舳先に船主を表す刻銘が彫られているものだが、おちょろ船や飾り船につけているのは少ない。お上からの〝摘発〟を避けるためであるが、元々、襤褸《ぼろ》船を下取りしたものも多いから、あえて消しているのである。

だから、一度会った女郎と二度会うということは、よほど約束でもしない限りあり得ない。おちょろ船の女が次に約束をすることは、身の危険もあるから、まずしない。船頭つきならまだいい方で、自分で船を漕ぐ女郎もいるから、思うように漕げないということもある。

まさに、波まかせで働いていた。

十九蔵の屋敷は、どう見ても普通の口入れ屋で、間口は二間の小さな店だった。『波方屋』という。潮風がもろに吹き込んでいるので、柱や板戸は枯れたような色合いになっている。口入れ屋としては辺鄙《へんぴ》な場所だし、おちょろ船を出していなければ稼ぎはないであろうと思われた。

「これは珍しや。船手がお出ましか」

と『波方屋』から出て来た与力の沢井が、鮫島を見るなり、いきなり皮肉っぽい口調で声をかけてきた。

「暇でしょうがないから、女郎漁《あさ》りか？　だが、ここへ来てもしょうがないぞ。船の上なら、俺たちも目をつむるが、陸でやるとなると、黙ってはおられぬからな」

「どうしてです？」

薙左が尋ねると、沢井は、おまえは誰だというふうに冷徹な目で見やった。背丈はさほどないが、火盗改にいただけのことはある。ごつい体で、腕っ節は強そうだった。

「早乙女薙左といいます。よろしくお見知りおきのほどを」

「早乙女……？」

船手奉行同心にそういう男がいたことは、沢井も承知していたようだった。

「私の父を知っているのですか」

「なるほど、おまえが早乙女殿の息子か。船手に入ったとは聞いていたが、なるほど、そういえば面影がある」

薙左の父も阿片事件や抜け荷は数々扱っている。縄張りや探索方法をめぐって、町方や火盗改とぶつかりあうこともしょっちゅうだった。ゆえに、沢井もよく覚えていたのだろう。

「こっちは、阿片のことを調べている」

と機先を制するように鮫島が言うと、沢井は一瞬、腹立たしげに眉を顰《ひそ》めて、

「おまえたち船手はいつもそうだ。余所の縄張りに踏み込んでは、手柄を横からかっさらおうとする。奉行の戸田泰全の品性がよくないせいかな」

鮫島は敵意を剝き出しにして、

「仮にも奉行に対して、与力がそんな口をきくとはどんなものかねえ」

「なら、おまえもだ、鮫島。俺は与力だ。同心のおまえに、四の五の言われる筋合いはないがな」

「ま、お手並み拝見といきましょう」

　と鮫島は余裕の笑みを浮かべて、

「俺たちはあんたと違って、別に手柄が欲しくて働いてるわけじゃねえ。阿片で苦しむ人を見かねてのことだ」

「大した心がけだ。ま、せいぜいキバるんだな。あ、言っとくが、十九蔵を調べても無駄だぜ。あいつは何も知らねえ。俺とは火盗改の時からのつきあいだ」

「だったら、なんで、あんたが来てるんだ？」

「口入れ屋だからよ。何か怪しいことがあれば、俺に教えろとな。それと、おちょろ船を見逃すための……」

　と沢井は袖を振って見せて、「魚心あれば水心、だ。なに、驚くことはない。こうやってることで、大きな事件を拾えるってものだ」

「そんな……！」

　摑みかからんばかりの勢いで薙左が向かおうとするのを、鮫島はぐいと押しとどめて、

「つまらぬことで怪我をするな。こいつら火盗改は、罪のない者を陥れてまで、事件を作る

ことがあるからな」

「なんだと……」

沢井は睨み返したが、突っかかるのもバカらしいと思い直したのか、どうとでも言えと鼻先で笑って立ち去っていった。

「サメさん。何なんです、あいつは」

薙左は歯ぎしりをしたが、

「出た出た、ゴマメの歯ぎしりが」

と、またぞろからかってから、波方屋に向かおうとすると、その勝手口から、お波が出て来た。昨夜とは違って、清楚《せいそ》ないでたちで、芸者のように左褄《ひだりづま》を取って、もう何日も残っている水たまりを跨いで、永代橋の方へ歩き始めた。

「あの女ですよ、サメさん」

「やはり、波方屋で雇われてる女だったようだな」

「尾けますか」

「うむ。おまえ一人で大丈夫か？」

「サメさんは？」

「波方屋に探りを入れてみる。沢井との関わりも気になるのでな」

薙左と鮫島は二手に別れた。

そんな様子を、立ち去ったばかりの沢井が、近くの路地からじっと窺っていた。

四

赤坂の御用屋敷の近く、伏見町にある千石屋次兵衛《せんごくやじへえ》の屋敷を訪ねたお波は、店の前を何度も行きつ戻りつしてから、決心したように暖簾をくぐった。

千石屋とは練り菓子を作る店だ。店構えは小さいが、公儀御用達という黒看板に金文字が示しているとおり、威厳のある老舗であった。

場所柄、大名や旗本の奥向きからも調達を頼まれており、商売は地味ながら〝お大尽〟と噂されていた。

「手前どもは菓子屋でございます。人様には甘いものを、手前どもには苦い暮らしを」

主人の次兵衛は、へりくだったようにそう言うのが口癖だが、たしかに金持ちではあるだろうに、表だった贅沢《ぜいたく》はしていなかった。その謙虚な姿勢が、奉公人たちにも伝わっていて、公儀御用達を決して鼻にかけるようなことはしなかった。

「どうも、ごめん下さいまし」

「へえへえ。あ、これは、お姉さま、よう、おいでなさいました」

と帳場から立った番頭が、気さくにお波を迎え入れた。

「お杏《きょう》さんを、お呼びしますね」

「あ、いえ、いいんです。これを渡して下さいまし」

と五両ばかり包んだ袱紗《ふくさ》を差し出した。

番頭はそれを手にはせず、とにかく本人を呼ぶと言って奥へ入って行った。

お杏と一緒に出て来たのは、当家の主人の次兵衛だった。

「これはこれは、ようおいでなすった」

次兵衛も丁重に、お波を奥に招き入れようとしたが、お杏は首を振って、

「旦那様、私は今、お菓子作りを習っているところでございます。お姉様には、後で私から訪ねて行きますので、今日のところは引き取らせます」

と上品な言葉で言った。明らかに、お波に来られて迷惑だという感じだが、あえて次兵衛はお杏の言い分を否定せず、

「そうですな。では、茶室にでも……」

「いいえ、旦那様。いつ終わるか分かりませんから。そうね、暮れ六つ（午後六時）にでも、いつもの茶店でどうかしら」

と、お杏はお波に目配せをした。

いつもの茶店などはない。適当にあしらいたかっただけである。だが、お波はそれを察知して、

「うん。分かった。じゃ、これ置いとくね」

「いやいや、そんなものはいらぬ」

と次兵衛は袱紗を戻そうとしたが、お波はあくまでも、妹が世話になっているお礼だと言い張って、押しつけて出て行った。

「お杏。いいのかい？」

次兵衛は店の表まで出て、立ち去るお波を心配そうに見送ったが、

「いいのです」

「なんだか、おまえは、お姉さんを嫌ってるようだね」

「そんなことはありません。姉のお陰で、私は大きくなれたようなものです。おんぶをされて子守歌を歌ってくれたのも覚えております」

「だったら、上がってもらってお茶くらい……。いつ来てもあんな調子じゃ、私が意地悪をしているように思われるではないか」

「そんなことはありません。旦那様は立派な優しい人だと、誰もが知っています」

「そういえば……」

と次兵衛は店に戻ると、お杏の手を握って、

「息子の朝吉《あさきち》にも、お姉さんを会わせてないな。今度、ゆっくり食事でもしないか。色々と話を聞きたいこともあるし」

「お気遣いいただかなくて結構ですよ。お姉さん、あれで結構、人見知りなんです」

「そうかい？　でも、一度くらいは……」

「分かりました。では、結納の折には必ず」

「ああ、そうしておくれ。今日も出かけていなければ、会えたのにねえ」

朝吉は取引先に出向いていたのである。次兵衛はまだ隠居はしていないが、店の差配は息子に任せている。ゆくゆくは二人に店を任せて、孫の顔を見るのを楽しみにしていたのであった。

お杏が奥の仕事場に戻ろうとした時、ぶらりと薙左が入って来た。爽やかな青年という雰囲気に、次兵衛は店と場違いな感じを否めず、不躾にも、

「お武家様が直々に菓子を？」

と訊いてしまった。薙左はにこりと微笑みを返して、

「ええ。評判の店と聞いたものですから」

「そうでございますか。しかし、当店では一個売りや量り売りはしていないのです」

「それは残念です。どれくらいならば、売ってくれるのですか？」

「申し訳ありません。どなたかのご紹介がございませんと……」

次兵衛は慇懃に答えたが、薙左にはお高くとまった無礼な感じしかしなかった。

もっとも、本当に菓子が欲しいわけではない。お波との関わりを詳しく聞きたいだけであった。表から見ていただけでは、雰囲気は分かったが、詳細は不明だったからだ。

しかし、先ほど店から出てきたお波は、がっくり肩を落として、悄然《しょうぜん》たる様子だった。

「お杏さんと言いましたか」

と薙左が問いかけると、唐突な呼びかけに驚いたお杏は、目を見開かんばかりに驚いた。

江戸には知り合いなどさほどいない。姉と違ってじっと家にいた娘であり、奉公先の人以外と会うことも希《まれ》であった。

「どなたでしょうか」

訊いたのは次兵衛の方だった。お杏の慌てた様子も気になったが、薙左との関わりを知りたいと思ったのだ。見た目は薙左とお杏は同じ年頃。次兵衛の息子は三十路になるので、

――ひょっとしたら、他の男が、
と勘繰ったのである。

「あ、怪しい者ではありません」

薙左はにこりと微笑んで、「今日は非番なので、こんな姿をしていますが、私は船手奉行所同心、早乙女薙左という者です」

「船手奉行所同心……」

次兵衛が繰り返すと、同じようにお杏も口の中で呟いた。船手奉行所同心などと、町場ではあまり馴染みのない役人がどうして来るのか、次兵衛は不思議そうに首を傾げたが、お杏は愕然と突っ立ったままだった。

「どうしたのだね、お杏」

「え、ええ……」

とうとう来た。お杏は、姉がしていることが船手奉行所にバレて、そのことで調べに来たのだと察知した。だが、ここで狼狽《うろた》えては、すべてが水の泡になる。

——なんでなの。どうして、姉さんは私が幸せを摑みそうになったら、邪魔ばかりするのよ。どうしてよ！

と叫びそうになったが、曖昧に口元に笑みをこぼして、

「どういうご用件でしょうか」

と動揺を隠して尋ね返した。薙左は、自分も招かれざる客だと理解して、できるだけ相手

に気取られぬよう言葉を選んで、お杏を誘い出した。

姉はすぐさま追い返したのに、こちらには素直に頷いたお杏の様子に、次兵衛は余計に不審な思いを抱いたように、

「このお杏は、うちの嫁になる娘です。何か話があるなら、私がお相手いたしましょう。これでも公儀の御用商人ですので、信頼はあると自負しております」

遠回しに言ったが、明らかに公儀の権威を見せつけて、同心の下っ端ごとき、どうにでもできるのだぞと言いたげだった。薙左はそれに対しては何も感じなかったが、何かをひた隠しにするお杏の態度が解せなかった。

「ちょっと昔の話です。お杏さんの育ての親のことでちょっと」

と薙左は言葉を濁したが、それでも不審な匂いを取り除くことはできなかった。

五

妙な塩梅《あんばい》なので、次兵衛は番頭を見張り役につけて、すぐ近くの茶店でなら、ということで薙左と会わせることを許可した。

「番頭さん。別に私は怪しい者じゃありません」

と薙左が言うと、番頭はよく躾けられているのであろう、

「はい。盗み聞きなどはいたしません。しかし、主の命令でございますので、様子だけは窺わせてもらいます」

そうキッパリと言って、少し離れた席から、様子がよく見えるように座った。

薙左は、お杏の顔が番頭には見えにくいように座らせてから、ゆっくりと尋ねた。

「お姉さんを追い返したのは、どういう訳なんだい？」

「姉さん？」

「悪いと思ったが見てたんだ。お波さんのことだよ」

「姉さん……なんかじゃありません」

「どうして、そんなふうに言うのだ？　見たところ、あなたのために金を届けたようだったが、違うのかい？」

「あの……」

とお杏は少しだけふてくされたような顔になって、

「何をお訊きになりたいのですか。ひょっとして、姉が何かやらかしたのですか。それだったら、私はもう関わりはありませんから、近づかないで下さい」

「…………」

「もう何年もちゃんと会ってません、あの人とは」

「あの人……。お姉さんのことを、そんなふうに呼ぶのか？」

「そりゃ、お役人さんだから、調べているのでしょうが……。ええ、確かに血の繋がりのある姉です。でも、ある時から、二人はもう他人同然に離れ離れに暮らしてきたんです。なのに……」

「なのに？」

「ああやって、私の近くに現れては、邪魔ばかりするんです」

「邪魔を？」

「ええ。とっても困ってるんです」

「どんな邪魔をするんだ？」

「色々とです」

　お杏は少し言葉を詰まらせたが、「とにかく、迷惑をしているんです。私はこれから、あの店の息子さんと祝言を挙げることになっているんです」

「そのようだな」

　と薙左はじっとお杏の目を見つめて、

「だから、あんな商売をしているお姉さんのことが、邪魔になったのか」

いきなり図星を指されて、お杏は動揺するよりも居直って、

「そうですよッ。姉が人殺しでもしたのなら話は別です。諦めます。でも、あんな汚い商売をしている姉がいれば、それだけで私は……」

「前にも一度、そういう目に遭ったそうだな」

お杏は思わず目を逸らして、悔しそうに唇を嚙んだ。血が滲み出そうなほど強い歯形がついている。性根は、姉よりも妹の方が悪そうだった。少なくとも薙左はそう感じた。

「それを知ってらっしゃるのなら、二度と私に関わらないで下さい。放っておいて下さい。お願いです」

「…………」

「あんな五両ものお金をしょっちゅう持って来て、どういうつもりなのかしら」

「少しでも足しにしてもらいたいからじゃないのか？」

「違います。嫌がらせなんです。五両や十両に困ってる私ではありません。それどころか、何千両もの身代の店の内儀《おかみ》になれるんです。あの人はそれを見越して、主人や店の者にコナをかけて、後でうまく立ち回る気なんです。きっと、そうなんですッ」

「そんな人には見えなかったがな」

薙左はしみじみとそう言って、もう一度、お杏の目を覗き込んだ。内心を見透かされたよ

うで、お杏はまた目を逸らしてから、

「あなたに、姉の何が分かるのです」

「分かる。一緒に星空を見た仲だから」

「……まあッ」

汚らわしいと、お杏は眉を顰めて拳を握りしめた。

「そういう仲だから、あなたは姉のことを、姉のことを庇うように……」

「そういう仲？　私たちは、あんたが考えているようなことはしてないよ」

「話になりませんッ。失礼します！　いいですか！　二度と私に関わらないでと姉にも伝えて下さい。今、私が話したことを言ってくれても結構です。春をひさぐような女は、私の姉でも何でもありません、と」

薙左は興奮気味に話すお杏を冷静に見つめたまま、

「それにしても、月ごとに五両は大金だ。あんたの言う春をひさぐ商いだけでは、稼げるものではない」

「どういうことです」

「私にもまだ分からない。でも、お姉さんは、少なくともあんたのために、危ない橋を渡っているということだ」

お杏は一瞬、耳を疑ったように黙ったが、

「それなら、ますます関わりはお断りです。いいですね。でないと、旦那様が言われたように、私たちは老中の水野様や町奉行の鳥居様とも昵懇《じっこん》なんですからね！」

声を荒らげたわけではないが、憤然となった様子を、離れて見ていた番頭も気づいたのであろう。すぐさま近づいて来て、

「さ、若奥様、帰りましょう、帰りましょう」

と、あえて若奥様と連呼しながら、手を引いて茶店から出て行った。

「困った妹だな」

薙左は店の外に出たお杏の後ろ姿を見送りながら、長い溜息をついた。


木場の十九蔵の店に戻ったとき、丁度、どこを歩き回っていたのか、お波も戻って来た。店の中に入るなり、

「てめえ、どこをほっつき歩いてやがンだ。とっとと帰って来ねえなら、これからは自由に外に出さねえぞ」

どうやら、千石屋を出てから、まっすぐ帰って来ないで、どこかをうろついていたらしい。おそらく、妹に邪険にされて途方に暮れていたのかもしれない。

十九蔵に厳しい怒声を浴びせられているが、それも慣れっこらしく、ハイハイと二つ返事で聞き流している。

「凪いできたぞ。すぐに仕事だ、ほらほら」

露骨な十九蔵の声が聞こえる。

お波はさっと行水をすると、浜まで下りて来て、船着場に立ち、遠目になって小さな溜息をついてから、薄暗くなってきた海に向かって舟を漕ぎ出した。

あてもなく漕いでいるわけではない。

遠く見える漁《いさ》り火や沖合に停泊している船影を頼りに、沿岸を漕ぐのである。女には辛い作業である。手には櫓を漕ぐ胼胝もできていよう。しかし、辛いだの悲しいだのと文句のひとつも垂れずに、ゆっくり波間を縫うように進むのであった。

やがて宵闇に包まれた頃になると、沿岸でおちょろ船が現れるのを待っている男たちもいる。松明《たいまつ》や提灯《ちょうちん》を掲げて、

――こっちだ、こっちだ。

と示す客たちもいる。一度、消して、再びつけて左右に振ると、〝買いたい〟という合図だ。

その火を見ても、お波は近づかない時もある。船ならば、客は一人か二人だと分かってい

るが、陸に上がった途端、大勢の男が潜んでいて、手痛い思いをすることもあるからである。だから、お波は極力、岸で呼ぶ客は避けた。凪いでいるとはいえ、少し風があるから、油断をしていると横転することもある。お波はゆっくりと、少し沖合で停泊している小舟に近づいて行った。

少しずつ近づいて行くと、やはり夜釣りをしている男だった。背中で顔は見えない。が、昨夜の若い男かと、ほんの一瞬だけ期待した自分がいることに、お波は気がついた。

「お兄さん、ちょっと乗ってかないかい？」

振り返った男は、ギラリ眼光が鋭く形相の悪い鮫島だった。お波は俄に櫓を戻そうとしたが、思うように漕げない。

「逃げることはないじゃないか、お波さん」

鮫島が声をかけると、お波はビクンとなって暗がりの中を凝視した。名を呼ばれることは、まずないからである。

「旦那、先《せん》に私と会ったことがあるんですか？」

「ああ、一度だけな。おまえの潮を吹いたようなさらさらとした肌が忘れられずに、ずっと探していたんだよ」

と歯が浮きそうなせりふを吐いた。それでも、お波はまんざらでもないふうに、赤い頬被

りをちょっとずらして顔を晒すと、

「この顔かい？」

「ああ、たしかに、その顔だ」

「本当に？」

「うむ。間違いない」

「でも、お波なんて名の女郎は、沢山いますよ。私の知ってるだけでも……」

と指を折る仕草をしながら、さりげなく船縁を綱で繋いだ。お波がやはり這うような格好で鮫島の船に乗り移ると、

「ごめんね。あたしゃ、覚えてないよ。こんないい男、めったにいないのにさ」

「ここに鯉の刺青《いれずみ》があるだろ？」

とそっと尻を撫でながら、「また、じっくりと拝んでみたいものだ」

「やだよう、本当に前に会ったんだね」

「ああ、間違いねえ」

鮫島はそう耳元に囁くと、もう一度、体をぎゅうっと抱きしめながら、

「今日は星が見えねえ」

「え……」

不思議そうに見やるお波を、鮫島は見つめていたが、

「空を見上げたりせず、ゆっくり二人で、しっぽり濡《ぬ》れることができるってことだ」

と強く抱きしめた。

ううっと妖艶《ようえん》な声を洩らすお波の衣擦れの音は、波音に消されていた。

六

薩左は憤然となって、顔をそむけた。

船手奉行所同心詰所に、与力の加治と同心の鮫島、水主頭の世之助が、いつものように車座になって探索の段取りを話していた。

「そういう人だとは思いませんでしたよ、サメさんは」

「何を怒ってるんだ」

「何って」

「ハハン。俺が、お波と寝たことか？　あっちは商売だ。気にすることはねえ」

「………」

「それに、昨夜は星が出てなくてな。おまえのように、気の利いた口説き方はできなかった

んだよ」

鮫島が下卑たような声を洩らすと、世之助も可笑《おか》しそうに笑って、

「で？　星の話ではホントのことを話さなかったが、サメさんのしつこい腰は、お波の口から肝心なことを……」

「当たり前だろうが」

と鮫島はもう一度、ニンマリと笑って、

「十日後に来る『開運丸』の水主たちに、お波は招かれているらしい。もちろん、お波だけではない。十九歳に雇われている女たちは、みなその船で仕事をする」

「ということは？」

と世之助が確認するように見るのへ、鮫島は確実に〝拿捕《だほ》〟する方法を今から組んでおくべきだと話した。

『開運丸』は品川沖に停泊し、そこから艀《はしけ》に荷を移すことになっているが、その荷は船手奉行所の検査を受けることになっているので、そこに阿片を隠していることはまずない。

後は、浮き輪などをつけて海に捨て置いて、後で阿片を扱う一味が取りに来る方法もあるが、夜だと見つけるのは困難だし、一晩置くと潮に流され、下手をすると湾外に出て行ってしまう。

最も確実なのは、おちょろ船や『飾り船』の女郎たちに運ばせることである。もっとも、飾り船は見張りが厳しいから、効果は薄い。十九蔵の女たちが最も働くことになる。それは、取りも直さず、『開運丸』と十九蔵が裏で繋がっているという証だ。

「どうします、お奉行。泳がせますか」

加治は、お波たち女郎が『開運丸』に乗り込んで、阿片を受け取って帰る途中、一網打尽に押さえることを提案した。同時に、開運丸の周りには、多数の筏をバラ撒《ま》き、舵を使えないようにする。

後は、船手奉行所の者が一斉に飛び込んで、捕縛する。その後、吟味所で叩けば、元凶はどこにあるか、ずるずると引きずり出せるに違いない。

「そんなにうまくいくかねえ」

と心配したのは奉行の戸田である。トドと渾名されるほどのでっぷりと肥えた体で濁声だから、一見すると奉行らしくはない。もっとも、旗本とはいえ二百石の最下位の身分だから、偉そうにするつもりもないらしい。海千山千の猛者どもを相手にするから、伝法な口調は鮫島と変わらない。

「サメ……おまえ、結局は薙左が仕入れたネタに毛が生えた程度のもんじゃねえか。よろしくやった割には、土産が少なくねえか？」

「奉行も厳しいことを言うねえ。俺は『開運丸』がいつどこに停泊するかまで捉えてきてンですからね。それと、お波という女郎は、十九蔵の下で営んでいる女の中では占株で、こいつを捕まえるだけでも、敵はマズイと思うに違えねえ」

「だったら、そのお波をきちんと守ってやる必要があるな」

戸田が唸るように言うのへ、鮫島はどうしてかと問い返した。その答えは、すかさず加治が答えた。

「敵は甘くねえぞ。特に、十九蔵がどういう人間か、おまえたちも知ってるだろう」

「いえ、私は十分に知りませんが」

薙左が不審な顔になるのへ、加治が続けた。

「奴は元々、神田、浅草、日本橋の岡っ引を束ねていた大親分だったんだ」

「大親分……」

「いわゆる二足の草鞋というやつだ。しかも、火盗改に可愛がられていた」

「ああ、あの南町与力になった……」

「沢井のことか」

と戸田が訊き返したので、鮫島は挨拶をされたと答えた。

「沢井が挨拶をな……」

しゃがれ声で唸りながら腕組みをすると、何か頭に浮かんだのか、ポンと扇子で自分の膝を叩き、

「そうか、そういうことかもしれねえな」

と呟いた。鮫島は自分の探索がカスだったと言われたようで、少々、苛ついた顔を向けながら、

「何です？　そういうこととは」

「サメ。おまえは、沢井に声をかけられたと言ったが、十九蔵を訪ねて行ってるのは、いつものことなのか？」

「みたいですぜ。実はあの後、薙左がお波を尾けた後、俺は直に十九蔵に会ったんです」

二足の草鞋の大親分という風貌ではない。小汚い喋り方をするし、小柄でギョロ目の男である。どことなく、こすっからしい顔つきなので、子分の中には陰で悪口を言っている者も多い。

しかし、そんな子分は知らぬ間に、隅田川や掘割に浮かんでいる。人を信頼していない十九蔵は、〝密偵〟をあちこちに散らしており、気にくわない奴や裏切りそうな奴は、事前に処分していたのである。

それくらいのことをしなければ、裏社会の支配者にはなれない。子分たちも、親分に金が

あるから従っているのだ。金の繋がりが、〝親分子分〟の繋がりでもある。ゆえに、金を増やさない親分はバカだし、金を集めて来ない子分はカスだったのである。

阿片は、十九蔵たちにとって宝物に違いない。

いわば、口入れ屋は、色々な所に自分の手下を忍び込ませるためであり、おちょろ船は阿片の仕入れ筋であり、『開運丸』は諸国から物資の集まる那珂川湊で、密《ひそ》かに阿片を買い集めていたのである。江戸から離れているが、遠国ではない。丁度よい位置にあった。

しかし、那珂川湊は、船手奉行が直接、支配権を行使できる場所でもある。ゆえに、常に船手奉行の動きも、敵は探っていたはずだ。

「これは俺の勘だがな……」

と戸田はでっぷりとした腹を撫でながら、

「お波は、サメ……おまえに気づいて、偽の話をしたのかもしれねえぞ」

「どうして、そんな」

「前に会ったはいいが、二度目に会うために探していたと近づいたンなら、怪しまれて当然だ。なにしろ、相手は、阿片を扱う女郎の頭目格だ」

「ええ。しかし……」

「信じるってか？　おいおいサメ、そりゃ、おかしいだろ。おまえは、あの女は嘘つきのコンコンチキだと言ってたじゃないか。だったら、おまえにだけ正直に話したってことを疑ってしかるべきじゃねえか？」

「そこまで深読みされちゃ、文句の言いようもねえや」

と鮫島はそれを踏まえて、どう対処するか一同に尋ねた。

「裏の裏をかくのかい」

「うむ。そのためには、ここは相手の騙しに乗ったふりをしておくか」

「では……」

と加治が戸田を見やって、「二班に別れて、『開運丸』を攻める者たちと、あくまでもおちょろ船を見張り続ける者とを置くということですな」

「それと、十九蔵だ」

戸田はしかと言い含めるように、「奴は、いわばお上の御墨付の野郎だ。大概、好き勝手をしてきたようだが、それも火盗改だった沢井との関わりがあってこそだろう。その辺りを踏んで、鳥居様も奴を与力に抜擢したのかもしれぬ」

「――と言われますと？」

薙左は話の腰を折って素直に尋ねた。

「もしかして、鳥居様が、十九蔵に罠をかけているとでも？」

「その逆だよ……」

　と戸田はもう一度、扇子をパチンと鳴らして、「十九蔵を利用するだけ利用して、阿片をごっそり奪うつもりかもしれぬ。それを横流しするためにな」

「まさか、いくらなんでも、鳥居様がそこまで関わって……」

「分からぬか。それが世の中だ」

「だったら、鳥居様を調べればいいではないですか！」

「バカか、おまえは。証拠もないのに、何ができる。そのために十九蔵を、こっちからハメるんじゃねえか」

「そしたら、お波の身も危ないじゃないですか」

　薙左は女郎一人のことに思いを馳せたのである。たしかに、阿片を扱っていたとしたら、それは偽薬を扱ったり、毒薬を以て人を死に至らしめる罪に匹敵する。死罪である。

「あの女は、ただただ必死に生きてきただけなんだ。妹には苦労させまいと、懸命に自分のできることをやってきただけなんだ。なのに、妹は感謝すらしていない。あんまりだ。あんまりじゃないですか」

「おまえは、まだその女の嘘を信じているのか？」

　と鮫島は冷静に言った。

「どうして嘘だって分かるンです」

「俺には、甲州の商人の娘だったが、一家離散して……という話を始めた。前に会ったときは、相模の出で漁師の娘だと言った。おまえには上州の出と言ったようだが、どれを信じろと言うんだ」

「でも、妹がいたという話は同じです」

「なんだ？」

「話は出鱈目なのかもしれない。その時々に、相手に話している作り話かもしれない。でも、妹がいて、その妹のために働いてきたというのは本当じゃないですか」

「しかしな……」

「私は、お杏にたしかめました。本当の妹です。でも妹は、姉が女郎であることを恥じ、毛嫌いしている。その姉の血と汗によって、自分は何ひとつ苦労していないにも拘らずです」

「だから？」

と戸田が喉を鳴らして訊いた。

「いつも言ってるだろ。善人か悪人か、なんてことは俺たちには関わりねえんだ。やったことが、罪かそうじゃねえか、が肝心なんだ。勘違いするなッ」

「でも……」

「でももヘッタクレもねえ。たとえお波がいい姉で、妹のためにしたことだとしても、やっちゃいけねえことはいけねえんだ」

薙左は愕然となった。だが、自分としてはまったく承服できなかった。

あの夜、二人で夜空を見上げながら、色々と語ったお波の素直な心を、薙左は信じていた。生まれが違っていれば、女郎にならずに済んだ。そして、妹のためだけに苦労することもなかった。

「そりゃ、おまえの感傷ってやつだ。いいか……」

と鮫島は薙左を奈落に突き落とすように、「おそらく、おまえとの夜のことなんざ、覚えてもいねえよ。俺との夜のことも、忘れてたくらいだからな」

「…………」

「俺がいい男だって言ってンじゃねえぞ。女郎とはそういうものだってことだ。本気で惚れちゃならねえ、お互いにな。それを忘れるな」

「忘れませんッ。肝に銘じておきます」

皮肉で言った。そして、立ち上がり、さっさと詰所を後にした。

「おい、何処へ行く⁉」

加治が声をかけたが、廊下を遠く離れていく足音だけが残った。

七

『あほうどり』の片隅で、またぞろ薙左はろくに飲めない酒を、ちびりちびりやっていた。若造のくせに、やることは爺臭いと、女将のお藤にからかわれていた。

「ほっといて下さいよ」

「そうはいかないわよ。加治さんに頼まれてますからね」

「どうせ私は半人前です。さっさと巣立つこともできない雛です」

「その癖はやめた方がいいわよ。うちの店は、ほら他のお客さんも、綺麗なお酒を飲んでるでしょ、この清酒みたいに」

と澄んだ酒を差し出し、厨房から顔を覗かせたさくらに、相手をしてやれと目配せをした。

さくらは嫌がるどころか、待ってましたとばかりに、薙左の隣に座った。

「ねえ、ゴマメちゃん」

「おまえまで、そんなふうに呼ぶな」

「本当に、女郎さんに入れあげてるの？」

「なんだ。妬《や》いてるのか」

「ち、違うわよ」

と慌てて否定してから、「一々、落ち込んでちゃ、商売上がったりよ」

「俺たちは、法を犯す者を裁くだけでいいのか」

「え？」

「悪いことをしてるから捕まえる。それだけでいいのか」

「どういうこと？」

「そりゃ、罪は見逃しちゃいけない。でも、許される罪と、そうじゃない罪があるんじゃないのか！」

薙左がそう言うと、さくらは小さく同意するように頷いて、

「あなたがそう思う気持ちは分かるわ。やむを得ず罪を犯した人と、良心のかけらもなく悪さをした人じゃ、違うもんね」

「それだけじゃない。自分は手を汚さないで、人にやらせてる奴が一番許せない。それが、法を守る側の人間だったら、尚更だ」

「まさか、そんなことが？」

さくらが信じられないとばかりに顔を歪ませたとき、ぶらりと着流しが入ってきた。なんとなく、加治か鮫島だと薙左は背中で感じていたが、お藤の慇懃な対応を見て、振り返

った。

そこには、南町与力の沢井が立っていた。

「なかなか、繁盛しているではないか」

偉そうに顎をあげて店内を見回してから、ここはよいかなと、わざわざ薙左の前に座った。そして、おもむろに、おばんざいふうに置いてある烏賊の煮付けや揚げ出し豆腐、芋の煮っ転がしや焼き茄子を眺めて、指を差しながら注文をした。

「もちろん、酒も人肌でな」

「何の用ですか」

薙左はいささかトロンとした目で、沢井を睨みつけた。

「そんな怖い顔をするなよ。まずは、お近づきの印に、一杯」

「悪いですが、私は手酌が好きなもので」

「ふん。聞きしにまさる偏屈だな」

「手酌ぐらいで変人扱いされちゃ、たまりませんよ。ほら、奥の小上がりがあるから、あっちで飲んだらどうです」

「そう嫌うなよ」

と牽制《けんせい》するように言ってから小声になって、「――今度の、阿片探索の詰をしようじゃないか」

「阿片？　なんです、そりゃ」

「惚けるなよ。船手が動いてるのは先刻承知だ。おまえたちの考えと、俺たちの探索をうまく合わせりゃ、一網打尽にできると思うがな」

「そんな話なら、酒の席ではなく、船手奉行所に行って、お奉行なり与力様とやって下さい。私のような下っ端と話したところで、何の得にもなりませんよ。ええ、私は、探索をする値打ちもない、甘ちゃんらしいですからね」

「甘ちゃんねえ……」

沢井は、さくらが運んで来た燗酒《かんざけ》を受け取ると、自分も手酌でやりながら、

「その甘いところを、ちゃんとしてやろうじゃないか」

「え……？」

「俺はこう見えても、火盗改が……」

「長かったんですよね。知ってますよ。だから、あなたのことは、船手ではまったく信頼していません。はい」

「どうせ、俺が十九蔵と繋がってるだの、阿片を裏で捌《さば》いてるだとのと、そんな話が出てるんだろうな」

「…………!?」

薙左は意外な目になって、沢井を見た。自ら疑念を抱かせるようなことを言ったからである。

「町方や船手と違って、火盗改はそれこそ一筋縄じゃいかない奴らを相手に戦ってるからな。色々な手を使わなくては、逃がしてしまうんだよ。この手の中に捕まえたと思っても、ずる賢い奴らには裏をかかれて逃げられてしまう」

「…………」

「ここだけの話だが、俺が南町の鳥居様に買われたのも、そこんところよ」

「そこんところ?」

「ああ。あの十九蔵というのは、もう知ってるかもしれねえが……」

薙左は承知していると頷いた。

「あいつは俺と古いつきあいだからこそ、うまく信じ込ませることができてるのだ。つまり、俺自身が囮《おとり》になっているということだ」

「え?」

「いいか。船手の奴にも言うなよ。すべてが水の泡になってしまうからな」

薙左は酔っているとはいえ、半信半疑で聞いていた。いきなり飲み屋にやって来て、重要な話をする奴を信じろという方に無理がある。何か別の狙いがあるのだろうと薙左は察したが、この場は聞いておこうと判断した。

「いいか、若造。『開運丸』が入って来たら、お波という女郎が数人の女を連れて、その船に近づく手筈《てはず》になっている」

「………」

「奴らは……はっきり言ってやろう、阿片の売人だ。だから、南町では船手とは別立ての御用船を用意して、その場に乗り込み、一網打尽にしようと思っている。しかしだ……」

薙左は船手も同じようなことを考えていると言おうとしたが、黙っておいた。

「その場は押さえても、肝心の元締めが分からなければ、意味はない。分かるな」

「はい」

「だから、乗り込んだ後に、すぐ相手に女郎たちを斬らせる。少し、こっちが遅く乗り込めばいいんだ。女郎たちが町方に捕まれば、それこそ元締めにとっちゃ、不利な証人になってしまうからな」

「わざと殺させる……。それは『開運丸』を、御公儀からの殺しの手配として、陥れるためにですか」

「冴えてるな。そのとおりだ」

「そのために、女郎たちを犠牲に……」

「なに、どうせ、捕まれば死罪だ。だったら、役に立って死なせてやろうってことだ」

　薙左は黙って杯を傾けていたが、

「なるほどね。面白いカラクリがあったものですね。では、船手は何をやればよいのですか？」

「そこだよ。おまえたち船手は色々と才覚のある人材が揃っている。抜け荷の探索で、何ヶ月も回船に乗り込んでいたという者が何人もいるではないか。そやつらを予め、船に忍ばせておくんだ。人足でも、水主としてでもな。そして、南町が表側から乗り込むのを、裏から搦《から》め手で迫るというわけだ」

「………」

「そうすりゃ、逃げた『開運丸』も元締めの所へ帰った途端、一網打尽、という訳だ。どうだ。うまい手だとは思わぬか」

　薙左は酒をぐいと呷ってから、

「たしかに面白い手ですね。私も船手同心の端くれ。その手配、私の手でやっておきましょう」

　沢井は満足げに頷くと、銚子を薙左の杯に傾けた。

八

十九蔵の女郎たちのおちょろ船が『飾り船』に〝格上げ〟されたのは、その翌日のことだった。提灯や行灯で綺麗に照らしてみても、やることは同じである。

しかし、いきなり、お上に踏み込まれることはなくなった。この配慮は、阿片探索を事前に仕入れたからに他ならない。

『飾り船』が十九蔵の屋敷から見える浜辺に、まるで祭りの船御行《ふねみゆき》のような彩りで並んでいた。その一艘に薙左はふらりと近づいて、声をかけた。相手は、お波だった。

「…………？」

「綺麗な飾りだな」

お波は誰か分からない様子で、

「どうして、ここへ……？」

入れたのか不思議そうに見やった。丁度、十九蔵の店の裏手になっており、一旦、店の中に入らなければ来られない仕組みになっている。薙左は、沢井の名を出して、通ったのである。

「俺は船手奉行所の同心なんだ」

ほんの一瞬だけ、目が泳いで戸惑いの色が浮かんだが、

「船手の旦那が、何の用事ですか」

「覚えてないのか？」

「え……？」

「今日はこんな格好をしているが」

と羽織に短袴《みじかばかま》の姿で、羽織の裏には十手を隠し持っていた。

「この前、俺の小舟で、一緒に星を眺めたが」

「あら、そうでしたっけ？」

お波は気づいている。しかし、素知らぬ顔をしていた。

「お祭しのとおり、俺は阿片の探索のために、あんたが引っかかるのを待っていた。ああ、あの夜のことだ」

「…………」

「その後、あんたのことを色々と調べた。嘘がちりばめられていたが、妹のことだけは本当だった。あんたは妹のために……」

「ちょっと待って下さいな」

と、お波は薙左が勝手に話そうとするのを押し留めるように手を上げて、

「私には何の話か分からないけれど」

「惚けるのか。それとも、本当に覚えていないのか」

「いきなり来て、変なお人ですねえ。船手の旦那か何か知りませんが、あんまり妙な言いがかりをつけると、人を呼びますよ」

一方に目を流すと、船着場の所に、ならず者ふうが数人、ぶらぶらしていて、さりげなく薙左とお波の方を見ている。いずれも斜に構えた、目つきの悪い奴らだ。

「お波さん。あんたも、十九歳に見張られているんだな」

「………」

「とにかく、ここから出ないか？」

何を言い出すのかと、お波は不思議そうな顔をしていたが、薙左が妹の名まで出すと凝然となった。

「お杏さんには一度、会って話したよ」

「！………」

「お節介と言われるだろうが、妹さんは、あんたのことを誤解している。悪い姉だと思っている。やっていることが恥だと思ってる。だから……」

「待って下さいな、旦那」

もう一度、お波は薙左を制して、「私と妹のことなど、ほっといてくれませんか。旦那に何の関わりがあるんです」

「あの星を見た夜、あんたは目に一杯、涙を溜めて、こう言った。もし、生まれ変われるなら、あの水色の星になりたい。そしたら、何もかも綺麗に、世の中が綺麗に見られるかもしれないって」

「…………」

「星を見て、そんなことを聞いたのは、俺は初めてだった。だから、思ったンだ……あんたは心の綺麗な人だ。ずっと自分を犠牲にして、妹のためだけに生きているのだと」

「やめて下さい」

「でも、あんたはもう十分、施しをしてきたじゃないか。妹さんは、菓子問屋の跡取りと一緒になることが決まっている。だから、もう毎月、五両もの大金を運ぶ必要もなくなるはずだ」

「そんなことまで……」

「妹さんだってもうお金は必要ないんだ。だったら、もう、この辺りでお終いにして、後は自分のために、自分のためだけに生きたらどうだ」

お波は真剣に語る薙左を見つめていたが、どうして、そのようなことをわざわざ言いに来たのか理解できなかった。たった一度、しかも、体も交えていないのに、なぜ情けを抱くのか、分からなかった。

「旦那、私はあの時……」

やはり覚えていたのだ。そのことは確認しないまま、お波はぽつりと続けた。

「あの時、私はどうかしてたんですよ。女はね、寂しくなったり、辛くなったりすると、どこか遠くを眺めるものなんです。景色の時もあれば、遠い昔を思い出すこともある」

「…………」

「旦那がそんな気分にさせてくれたことは、確かだけどね。それは、そん時だけのことさね。分かる？」

「だとしても、あんたはこんな所にいる人ではない」

「勝手に決めつけないでおくれな」

「しかし、あの十九蔵って奴は、ろくでもない奴で……」

「そんなこと、私が一番、知ってるよ。ああ、人殺しだってやってきたかもしれない」

「だったら……」

何か言いかける薙左の唇にそっと指をあてがって、

「でもねえ。私が一番、酷い目に遭っていたときに助けてくれたのは、十九歳だったんですよ。あの人がいたから、今の私がある。妹もきちんと育てることができた。だから、後はどうとでもなれ……一蓮托生《いちれんたくしょう》ってとこかね」

薙左はなぜか情けなくて涙が出てきた。自分でも分からなかった。しかし、女郎である姉があんな悪党に感謝をしているのに、普通に暮らしている妹はどうして姉に感謝できないのか。恥ずかしいと思っているのか。

「そりゃ、旦那、当たり前じゃないか」

「え……？」

「あんただって、世間に顔向けできない兄弟がいてみなよ。いい気はしないだろ」

「でも……」

「だから、私はいいんだよ。これでいいんだ。これで……」

お波は自分を納得させるように大きく頷くと、帰ってくれと薙左を押しやった。衝撃でぐらり崩れそうになるのを我慢して、

「お波さん。何にしろ、あんたは『開運丸』に出かけちゃだめだ」

「…………！」

「もう、これ以上、罪を犯させたくないからじゃない。行けば、殺される。阿片のことは、

すべてあんたたちのせいにして、闇に葬られるンだ」

薙左は何が何でも、この苦界から引き離したかった。

「このまま続ければ、それこそ妹が嫁に行けなくなるんじゃないのか？　肩身の狭い思いをして生きていくことになるんじゃないのか」

「そうならないよう、縁は切ってありますよ」

「どうして、そこまで自分を犠牲にしなくちゃならないんだ。なあ、どうしてなんだ。教えてくれッ」

薙左はすがりつくように言ったが、お波は半ば叫びそうな声で、

「もういい加減にして下さいな！」

と振り切るように手を払った。

その様子を見ていたならず者たちは、待ってましたとばかりに飛んで来た。ちらり片肌から見せる刺青で脅かすと、威嚇して怒声を浴びせた。薙左はまったく耳に入らないとでもいう顔で、

「おまえらこそ、近づくな。気がいらいらしてるんだ。ぶった斬るぞ」

と珍しく興奮した目つきになった。

「面白い。やれるものなら、やってみな」

ならず者の一人が、いきなり匕首を抜いて、薙左に斬りかかってきた。素早く避けたが、同時に、他の者たちも羽交い締めにしようと飛びかかった。

次の瞬間、薙左は刀を抜き払って、素早く峰に返すと、まるで果物でも薙ぎ落とすように、手首や足首を打ちつけた。悲鳴を上げて、浜辺で転がり回るならず者たちに、

「もっと、やるか！　次は骨が折れるだけじゃ済まないぞ！」

そんな激しい様子を見ていたお波は、静かに言った。

「帰っとくれ。いい腕してるんだから、つまらないことで、刀を抜いちゃだめだ」

「お波……」

「帰っとくれ！」

薙左はゆっくりと鞘に刀を戻した。

もうこれ以上言っても仕方がないと思ったのだ。そして、死を覚悟してまで阿片を扱うお波の、十九蔵への気持ちも、薙左には理解できないままだった。

——女とはそうしたものだ。

鮫島の声が聞こえてきそうだった。一番、寂しいとき、一番、大変な時に側にいてくれた人に惚れるものなんだと。

しかし、それではあまりにも切なすぎないか。薙左の胸に去来するものは、ただただ虚し

さだけだった。

九

『開運丸』が江戸品川の沖合に停泊した日は、生憎《あいにく》の雨だった。冬の雨は冷たい上に、粘りつくから、水主たちは藁《わら》で編んだ合羽のような羽織を着ていた。

三十石の開運丸には、船長《ふなおさ》を含めて、わずか六人しかいない。立派な弁才船《べざいせん》のような分厚い外板で、巨大な帆もあったが、荷物は申し訳程度の俵物しかなかった。

予定どおり、日が暮れてから、飾り船が数艘、開運丸に近づいていった。

お波の漕ぐ舟が先頭である。接舷すると、お波は船上に向かって赤い旗を晒しながら、松明を振った。船の上からも同様の合図が返ってきた。

縄梯子《なわばしご》がするすると下りてくる。女郎たちは、足場をしっかりと踏み固めるようにして、縄梯子を順番に登って行く。いつもの情景である。小雨が降り続いていて、縄も滑りやすくなっていたが、船上から水主たちが、しっかり支えていた。

甲板に登った女郎たちは、十人。水主の数よりも多いが、好みの女が選ばれて、その他は帰される。その者たちが、実は阿片の運び屋となる。

その阿片は、まっすぐ十九蔵の所へ持って帰らず、一旦、永代島に立ち寄る。つまり塵芥の島である。

芥船が集まる所へわざわざ行くのは、お上の目に触れることが少なく、そこが最も、売買しやすいからである。予め待機している買い主に売って、残りは、木場の元締めである十九蔵の屋敷まで、そのまま運んで帰る手筈になっていた。

しかし——この日は違った。

縄梯子を登った女郎たちが見たのは、いつもの水主たちではなかった。

ずらり並んでいたのは、見知らぬ男たちだった。

「あんたたちは……!?」

お波は俄に不安に駆られた。ふと視線を移すと、目の前に立っている合羽姿の水主たちの中に、薙左がいた。

「あっ……あんた!」

そして、もう一方を見ると、鮫島も腰に刀を差して立っていた。お波はその顔も覚えていて、ようやく、

——ハメられた。

と気づいた。

「船手奉行、戸田泰全である」

戸田がずいと体を突き出すと、女郎たちは行き場を失って、あたふたとした。中にはたまらず海に飛び込もうとした者もいたが、捕り方たちが悉く取り押さえた。

船手奉行所は、南町の沢井が薙左に接触してきた直後、すぐに那珂川湊まで船を走らせ、開運丸を差し押さえた。

船内からは、阿片は出なかった。ゆえに、送り主が誰かを突き止めることは、その時はできなかった。だがこれは、

——戸田が想定していた。

ことであった。

直ちに、船主と交渉の末、取引相手と接触するために、奉行をはじめ、加治、鮫島、薙左、世之助たちが、水主として開運丸に乗り込んだのだ。

戸田はしゃがれ声を張り上げて、

「おまえたちは、利用されていただけだ。よって、一度だけ、機会をやる」

「…………」

お波はじっと薙左を見つめていた。どうして、こんな真似をするのだという思いと、自分が陥れられた裏切りへの不満である。

「このまま、大人しく船手のお白洲《しらす》に行って、おまえたちが阿片を流していた相手が誰か、証言をするか。そうすれば、極刑はない。江戸所払いで済ませてやる」

もちろん、船手奉行には吟味を裁決する権限はない。町人や浪人のことは町奉行に、武家などは評定所にて結審する。しかし、予審として、十分配慮することが可能であるから、訴訟の月番である北町奉行の遠山左衛門尉に任せれば、善処されることになっている。

「むろん、女郎からも足抜けさせてやる。どうだ。協力するか」

女郎たちのほとんどは、へなへなと腰を落とすと半ベソをかきながら、

「助かった」

と口々に声を洩らした。本当は、いやいや、やらされていたのである。

だが、お波だけは懸命に強がって、戸田を睨みつけていた。

薙左がずいと前に出て、お波に語りかけた。

「まだ納得できないようだな」

「…………」

「あんたが信頼していた十九蔵は、とうに逃亡してるよ」

「え……!?」

「なぜならば、この船が手入れされると事前に知っていたからだ。いや、手入れではない。

俺たち船手奉行の者たちが乗り込んでいるのを、前々から知っていたのだ」

「嘘……。それを承知で、あの人は？」

お波が悲痛な顔になるのへ、薙左は必死に訴えた。

「まだ、あんな奴を信じてるのか。逃げたどころか、この船を爆破するつもりだからな」

「ええっ⁉」

驚愕の表情に変わるお波の体を、鮫島がそっと引き寄せながら、

「つまり、阿片を探索している俺たちと、その証人であるおまえらを、一挙に殺してしまおう……そんな魂胆があったのだ」

「そんなバカな……」

「その画策をしたのは、十九蔵と南町与力の沢井だ」

沢井は薙左をたらし込み、開運丸に船手奉行が乗り込むことを提案した。それに従って船手奉行所の者たちは乗ったのだが、

「一網打尽にするためではなく、俺たちともども、女郎を殺すことを企《たくら》んでいたからだ。この船を爆破したとしても、誰も詮索はせぬ。船手奉行の奴らが、ここに女郎を呼んで遊んでいるうちに船火事が起こったとして片づけるつもりだったのだろう」

「…………！」

「しかし、見ろ……」

と加治が指差すと、薄暗い海面には無数の筏がばらまかれていて、船が侵入して来られないようになっている。つまり、南町が手配した船は一艘たりとも、開運丸に近づけないのだ。

「だから、爆破することはできぬ。ただ、沢井はあの辺りで……」

ともう一度、指差して、「悔しがっていることだろう」

戸田は女郎たちを情け深い目で見回して、

「案ずるな。逃げた十九蔵は、既に北町が捕らえておる。おまえたちが証言をしたところで、逆恨みで何かされることもない。そして、十九蔵と沢井がつるんでいたことがはっきりお白洲で分かれば、売り元も判明するであろう。そのためには、おまえたちの証言が必要なのだ」

女郎たちは口々に、嬉々《きき》として承知すると声を上げた。

お波だけは、切羽詰まった顔になって、悔しがった。十九蔵に裏切られたことが切なかったのであろう。

「お波さん」

と薙左はしっかりと手を握り締めた。

「俺は先日、もう一度、お杏さんに会ってきた」

「…………」

「あんたの話をした。その時には、許嫁の千石屋の息子さんも一緒だった。その息子さんはよくできた人で、おちょろ船の何が恥ずかしいのだ、恥ずかしいと思って、ひた隠しにしているお杏の方が恥ずかしい。そう言って、これからは、お姉さんも一緒に暮らせるよう計ってくれるそうだ」

「……本当に？」

お波は思いがけない薙左の言葉に、戸惑いの色を浮かべて、微塵たりとも動くこともできなかった。信じられなかった。

「いい婿さんに恵まれてよかった。それよりも、いい姉さんがいてよかったって、妹さんは思っていると思うよ」

薙左の言葉を聞いて、お波は急に恥ずかしくなった。色々な世間を見てきたと一端の口をきいたことをだ。こんな若い同心に、心身ともに助けられるなんて、考えてもみなかった。そのことを恥じたのだ。

「これからは、星を見る暮らしができるじゃないか。ねえ、お波さん」

そっと肩に手を伸ばす薙左を、戸田たちがからかった。

「おまえ、こんな所で口説くンじゃねえ」

第四話　黄金の観音様

一

草木も眠る丑三《うしみ》つ時――。

暗闇の隅田川を小さな川舟が一艘、音もなく水を切って進んでいた。

吾妻橋がすぐ上に見える。

舟は幅の広い地引き網のようなものを曳航《えいこう》しており、まったく気配を出さずにゆっくりと一定の間をぐるぐる回っている。

「どうだ。うまくいきそうか」

「シッ。声を出すな。夜の水の上は、意外と声が通るんだ」

舟には三人組が乗っている。

いずれも中肉中背の遊び人ふうで、闇夜の中では区別がつかない。一人だけ、頬から顎にかけてスパッと刀傷がある。まだ新しそうな傷で生々しい。もっとも、月もない暗がりである。仲間にも誰も、その傷はよく見えなかった。

一刻（二時間）ばかり、川舟は同じ所をぐるぐる回ってから、川上の方へ漕ぎ出した。両国橋の方へ下ると幕府御用船の舟溜りがあるので、それを避けているようにも見えた。

それもそのはずだ。海苔《のり》の密漁をしていたからである。

両国橋から上流の吾妻橋を挟んで、その少し先までは〝禁漁区〟だった。魚を釣ってはならないのである。規則を守らない者には、重い罰金や手鎖《てぐさり》などの刑が科せられたが、いつの世にも、法は破るためにあるとうそぶく輩はいるものだ。

海苔の密漁者たちも、見つかった場合には、

「魚じゃねえんだから、いいじゃねえか」

と居直る始末である。もちろん、海苔も漁と見なされているから、どんな言い訳をしようとも、厳しく罰せられた。

浅草海苔である。淡水と海水が入り混じってできる独特の旨味、香味ともに素晴らしいものなのに、捨て置くのはそれこそ自然の摂理に反するものだとでも言いたげに、密漁者はたまに居た。高値で売れるからであった。

そもそも、この界隈が禁漁区となったのには、浅草の観音様と関わりがある。

その昔、川の漁師が引き上げた投網《とあみ》の中に、観音様が引っかかっていた。罰当たりな申し訳ないことをしたということで、祀ったのが浅草観音の始まりだという。観音様のお陰で、この界隈が繁栄したので、〝聖地〟として扱うことにした。ゆえに、禁漁区となったのである。ために、漁師たちは代替地として、大森を与えられた。浅草祭りの際に、御輿の船御行を

大森の漁師に任せるのは、その歴史があるからである。

「そろそろ潮時だ。欲を出して、見つかればオジャンだからな」

刀傷の男が言うと、子分格の二人が合点承知と頷いて網を引き上げ始めた。

すると——ガクンと激しく船が傾いた。

もう少しで三人とも川に落ちるような激しさだった。

「ばかやろうッ、丙吉《へいきち》。何やってやがンだ」

頭目格の刀傷、海老蔵《えびぞう》が声をひそめながら強く言うと、子分格の丙吉と勝次《かつじ》は必死に網を引いたが、ずるずると川底に引き戻される。船も傾いたまま横転しそうになった。

「バ、バチが当たったんじゃねえか。観音様のバチがよ」

丙吉が震え出すと、海老蔵はケツをきつく叩いて、

「早くやれ。橋番に気づかれたら、元も子もない」

「そ、そんなこと言っても、兄イ……これ、なんだか変ですぜ」

ずるずると船は横に傾き、そのまま丙吉はドボンと川に落ちてしまった。必死に喘《あえ》ぎながら流れに逆らっているが、泳ぎが得意でないのか、そのまま川面から消えた。沈んだのだ。

「おい……」

残された海老蔵と勝次は心配そうな顔で凝視していたが、暗い川の中までは見えない。ぶ

くぶくと泡が出てきて、ようやく黒い物体が浮いてきたと思ったら、丙吉だった。

「で、大丈夫《でえじょうぶ》か⁉」

水面から顔を出した丙吉は髷がペシャンコになり、帯が取れたのか着物もぶかぶかに乱れていたが、なぜかヘラヘラ笑っている。

「なんだ、頭でも打ったか」

海老蔵が訊きながら手を差し伸べると、

「打った、打った。大打ちでさあ」

と船縁に伸ばしてきた丙吉の手には、小判が数枚握られていた。

アッと声を上げた海老蔵と勝次は、丙吉の手から小判だけを取り上げると、まるで足蹴にするように丙吉を突き放した。

「冗談だよ、丙吉。どうしたんだ、これは」

問いかける海老蔵に笑顔だけ返して、丙吉はさらにもぐった。そして、しばらく海女《あま》のように水中に消えていたが、今度は袖にじゃらじゃらと数十両の小判を入れて、必死に水面に浮き上がって来た。

「あ、上げてくれぇ」

海老蔵と勝次が両手を摑んで、丙吉を引き上げると、懐や袖の中からざくざくと小判がこぼれ出た。

「どうしたんだ、これは」

「どうもこうもねえや。驚くなよ、海老蔵兄貴。丁度、この川底にはな、千両箱が三つ、いや五つはあった。ドッサリとな」

「千両箱⁉」

素っ頓狂な声を上げる勝次の口を、海老蔵は掌で押さえて、

「本当か」

「これが証拠じゃねえか。へへ、たまらんなあ。まさしく黄金《こがね》の観音様じゃねえか、なあ」

慎重に歯で噛んでみたり、手で折ろうとしたり、匂いを嗅いだりして、

「たしかに、本物のようだな」

と海老蔵は確信した。でかしたぞと丙吉を褒めると、密漁の海苔なんぞ、その場にうっちゃって、なんとかして千両箱を引き上げようとした。

すると、三人の騒々しさに橋番の番人が気づいたのであろうか、提灯を抱えた二人組が吾妻橋の上に現れた。途端、

「あっ！　密漁だ！　こら！　逃がさぬぞ！」

海苔の網を川面に投げ捨てると、海老蔵は櫓を摑み、一目散に川下に向かって漕ぎ始めた。

逆流だと追いつかれるかもしれないからだ。

「待て、こらア！」

番人の声を背中に聞きながら、海老蔵たちはそのまま蔵前から両国橋にトり、一ツ目之橋から竪川《たて》に漕ぎ入って、そのまま三ツ目之橋まで船を進めた。

この界隈は武家屋敷が並んでいるが、案ずることはない。二人は渡り中間《ちゅうげん》で、相生町《あいおい》五丁目の藤倉帯刀《ふじくらたてわき》という旗本の屋敷に世話になっているのだった。

三千石の大身の旗本でありながら、〝不良旗本〟という悪評のある人物で、幕府の役職には就いていなかった。それゆえ、堂々と中間部屋を賭場にしており、近在の金持ち隠居や商人を集めて、非合法な遊びを提供していた。

そのために、元はならず者だった海老蔵を代貸しにし、丁半賭博をさせて、藤倉帯刀は胴元として小金を手にしていたのである。

賭場で儲《もう》けようという気などさらさらない。ただ、かぶいた旗本として、公儀に反発していただけである。町方同心などが来ると、旗本風を吹かせて、屋敷に一歩たりとも入れさせないという大見得《おおみえ》を切る。それを楽しんでいるような、下らぬ旗本だった。

とまれ、実入りの少ない海老蔵たちは、夜中にこっそり出て、浅草の海苔を仕入れて売っ払うことで腹の足しにしていたのだが、

「腹の足しどころか、兄貴、一生、左団扇《ひだりうちわ》で暮らせやすぜ」

と丙吉は、まだ興奮冷めやらない。

「ああ。誰にも言うんじゃないぞ」

海老蔵が念を押すと、勝次が確かめた。

「藤倉様にもかい？」

「当たり前じゃねえか。こんな話をしてみろ。全部、藤倉様に吸い取られる。こうなりゃ、もう、こんな屋敷の世話になることもねえ」

旗本の中間ということで、少々の悪さをしても、屋敷に逃げ込めば、お縄にならずに助かる。その〝特権〟も魅力だったが、何千両もの大金を手にできたとしたら、旗本屋敷に用はない。

――もう、せせこましい生き方をしなくても済む。

腹の底から笑いが起こってきた。

その翌日から、海老蔵たちは、日がな一日、千両箱の沈んでいる辺りを交代で見張っていた。夜になっても、丁度、沈んでいる所を見張れる宿に陣取って、目を凝らしていた。隙あらば奪うためであるが、誰が隠していたのかを確認するためでもある。

「誰かは知らねえが、禁漁区に隠すとは頭のいい奴だ。どうせ、人に言えない金ってことだ。

誰のもんであろうが、ぜんぶいただいちまおうぜ」

海老蔵はわくわくしていた。もちろん、子分の丙吉も勝次もである。

二

丙吉と勝次を見張りにつけて、海老蔵は久しぶりに吉原に遊びに来ていた。

この前、拾い上げただけでも、後で数えると八十六両もあった。一両あれば、一家四人が一月《ひと》暮らせる額である。手で掬っただけで、それだけの金が入るのだから、笑わずにはいられなかった。

大金を手にすると、俄に贅沢に走るのも人の悲しい性《さが》である。海老蔵とて例外ではなかった。吉原といっても、角町や江戸町などの高級遊郭では遊ばない。急に金回りがよくなったと疑われては元も子もないからである。

同じ吉原の中でも、羅生門河岸《らしょうもんがし》という安い遊女がたむろしている店から選んで、気持ちよくサッパリ遊んだ。

大門から出て来た海老蔵は、五十間道を歩くと、衣紋坂、見返り柳の所で、やはり振り返ってしまった。今、抱いてきたばかりの女が名残惜しいからではない。ただ何となくである。

「ふむ。人とは面白いものだ。洟《はな》をかんじゃ紙を見る。人の財布が開いてりゃ、覗いてみる。釣り銭が多けりゃ、ちと嬉しい。ちょいなちょいな」

節をつけて歌いながら歩いていると、トンと人と肩がぶつかった。いつもなら、

「何処に目をつけてやがんだアッ」

と言いがかりのひとつでもつけるが、今日は機嫌がいい。こっちから、

「すまねえな、あんちゃん。怪我はねえかい、そうかい。そりゃ、よかった。俺も気をつけるからよ、勘弁してくんねえ」

と頭を下げた。

「どういう風の吹き回しだ、海老蔵」

そう声をかけたのは、加治だった。船手奉行所与力、加治周次郎である。

肩に触れたのは、薙左だったのだ。

加治の顔を見た海老蔵は、まずい所で出会ってしまったと頭を掻きながら、

「なんだ。船手の旦那ですかい。これは、お久しぶりでございます」

「どうして機嫌がいいか、訊いておる」

「え、あっしが？　へえ、ちょいと吉原《なか》で遊んで来たもんで、へえ」

「こっちからぶつかって言いがかりをつけさせてから、しょっ引こうと思ったのに、肩すか

しをくらったぞ」

　と加治は意味ありげに微笑した。薙左をわざとぶつからせたのである。

「へ？　何のためにです」

「惚けずともよかろう。おまえの下手な小唄じゃないが、人というのは確かに面白い。なくて七癖というからな」

「へえ……」

「前に、おまえをうちで捕まえたのは、もう三年ほど前になるか」

「勘弁して下さいよ、旦那。今は、こうして、まっとうに旗本中間として暮らしてるんですから、へい」

「あの時は、抜け荷だったが、それも〝禁漁区〟でやった罪だった」

　禁漁区という言葉にドキンとなった。その表情を気取られたのではないかと、海老蔵は気になったが、加治はさほど不審そうな顔もせずに、

「阿漕な真似をするんじゃないぜ」

　禁漁区というのを掛けたのである。伊勢に阿漕ヶ浦という所があって、そこが禁漁区だったのだが、密漁が絶えなかった。そこから、人に隠れて黙って悪いことをするのを、阿漕な奴と表現するようになったのである。

「じょ、冗談はやめて下さいよ、旦那。何の話をしてるんです」

海老蔵は内心ドギマギしていたが、見た目は凶悪な顔である。知らぬ者が接すれば、決して目を合わさないであろう。

「またぞろ、密漁をしてたそうじゃないか。吾妻橋あたりで」

「な、なんだ、そんなことか」

と海老蔵はホッと胸を撫で下ろした。五千両のことではなかったようだ。

「何を安心してやがるんだ。盗人猛々《たけだけ》しいとはおまえのことだ。密漁した浅草海苔は、闇筋を通して売りさばいていたそうじゃないか。そして、捕まりそうになったら、藤倉様の屋敷に逃げ込む」

「…………」

「であろう？」

「勘弁して下さいよ、加治の旦那。あっしがやったなんて、誰かが見たとでも言うんですかい？　証拠もなしに。ねえ、勘弁してやって下さいよ」

あまりにも下手に出るので、加治も面食らっていた。いつもなら、同じ惚けるのでも、居直ってケツを捲る言い草を連発するからである。

「どういう風の吹き回しだい」

「さっきも言いやしたぜ、旦那」

「違うぞ。藤倉様の屋敷を辞めた訳だ」

「え……」

「おまえのようにこすっからい奴が、利用できる藤倉様の中間を辞めるとは、よほど美味い話が別にあるのであろう」

「そんなもの、ありやせんよ」

図星を指された海老蔵は危うく、足元を掬われそうな感じになったが、必死に持ちこたえて、強く言い返した。

「旦那。今日は、何の用なんです？　海苔のことなら、あっしは何も……」

「海苔のことなんぞ、どうでもいいんだ」

海老蔵は意外な目で見つめ返していたが、加治が短い沈黙を投げかけてきたので、思わず自分から、

「なんです、旦那」

「黒岩の蛇蔵《へびぞう》、という盗賊を知っておるな」

「盗賊？」

「ヘビ蔵にエビ蔵……耳には似たように聞こえるが、格が違いすぎる。蛇蔵は関八州に百五

十人からの子分がいるという、大泥棒だ。そいつが……」

「そいつが、なんです」

「おまえを探しているようなのだ」

「お、俺を!?」

素っ頓狂な声を上げた海老蔵は、思わず周りを見回した。

「なんだ、心当たりでもあるのか」

「そんなものはありやせんが。でも、どうして俺なんかを」

「訳なんか知るものか。そういう噂が、船手奉行所にも入ってきたのでな。蛇蔵はしばらく江戸には姿を現していなかったが、このところ、怪しい動きがあってな。奴の子分は諸国に散らばってる。うまく船を使って逃げるのでな、船手も気をつけてるんだよ」

海老蔵はもう一度、縋《すが》るような目で、

「でも、旦那、俺を探してるって、それは本当なんですか」

「――らしい」

「だったら、その訳は!?」

興奮気味に問いかける海老蔵に、加治は冷静に、

「知らぬ。それこそ、おまえの方が心当たりがあるのではないか?」

「そんなもの……」

ないと繰り返した。しかし、どう見ても様子がおかしい。加治は何も咎めることはしなかったが、ただ、

「正直に言った方が身のためだぞ。黒岩の蛇蔵は、それこそ狙った獲物は蛇のようにしつこく追い回す。相手の事情なんぞお構いなしに、毒の牙《きば》で襲いかかる。裏では、ちったあ名の知れたおまえでも、知らぬ間に消されてしまうだろうな」

「脅かさないで下さいよ」

「ま、せいぜい、気をつけることだ」

それだけ言うと、加治は薙左を伴って立ち去った。

しばらく見送っていた海老蔵は、急に背中がぶるっと震えたが、待てよと思い直した。それこそ加治の癖を知っていたからである。

「あの旦那は、よく思わせぶりなことを言って、人が動くのを見計らい、その揚げ足を取ることがある。これは罠だ。蛇蔵なんぞ、知ったことか。旦那は何か、密漁探索の上で行き詰まっているに違えねえ。だから、鎌を掛けてきたんだ。引っかかっちゃならねえ、ひっかかっちゃ」

海老蔵は口の中で何度も繰り返しながら、隅田川沿いの木賃宿に戻った。

三

その夜も、次の日も、その次の夜も、密漁は行われず、千両箱が沈んでいる辺りには、誰も近づくことがなかった。

木賃宿の窓から暗い川面を見ながら、

「いいか。焦りは禁物だ……」

と海老蔵が自分に言い聞かせるように言うと、丙吉と勝次は不満そうに文句を垂れた。分け前が十両ずつで、残りは海老蔵が取っていたからである。

「おめえたちに持たせると、性懲りもなくバコバコ使ってしまうだろう。そんなことをしてみろ。すぐに誰かの目に留まっちまう。そうなりゃ、密漁のこともバレちまって、あの五千両をいただく前に御用だ」

「そんなことが……」

「あるんだよ。気をつけろ。俺たちは、少なくとも船手奉行所には目をつけられてる。やっこさんらも、五千両には気づいてないようだが、川を浚われたりしたら、それこそ見つかってパアだ」

千両箱は丁度、海苔に覆われるような格好になっているので、船上から見ても、目に留まることはなかった。

しかし、海老蔵たちと同じように、他の密漁者が見つけないとも限らない。一刻も早く自分の手の内に置いておきたいというのが、丙吉と勝次の願いであった。

「だから、そう焦るなって」

「海老蔵兄貴、ちょいと心配のしすぎなんじゃねえんですかい」

と丙吉が言うと、勝次も同調して、

「そうだよ。大金すぎて、びびってるに違えねえ」

「俺は、何故だか知らねえが、黒岩の蛇蔵に狙われている。そう言われたんだ」

海老蔵は、船手奉行所が蛇蔵を探索しているらしく、その延長線上に自分の名が浮かび上がったことを懸念していた。そんな大盗賊と自分の接点はないはずだ。なのに、探されていると聞けば、気分がよい筈がない。心当たりがないから、余計、不安が増幅した。

「ひょっとして……」

丙吉はくるくる回る頭で、海老蔵に話してみた。

「なんでえ」

「もしかしたら、あの五千両、黒岩の蛇蔵が何処かから盗んだもんじゃないかな」

「蛇蔵が？」

「そこから、俺たちが八十両あまりを盗んだことを知った。あるいは、何処かから見ていた。だから、狙われてるんじゃねえか」

もし、それが事実なら、海老蔵たちは逃れようがなかった。黒岩の蛇蔵は、町方も火盗改も手をこまねいている盗賊で、神出鬼没ゆえ、どこに潜んでいるかも分からない。しかも、仲間は江戸市中に〝隠密〟のように散らばっていて、常に目を光らせている。

いつぞやは、自身番の番人が、蛇蔵の手下だったこともある。

そうやって日常の中に潜んでいたとしたら、誰にも気づかれないうちに、盗賊の仲間が人々の近くにいるということになる。

「だったら逆に、あの五千両、いただいちまおうよ」

と言ったのは丙吉である。

まだ十八。怖いもの知らず、といえばそれまでだが、丙吉の言い分にも一理あった。

「だって、そうじゃねえか、兄貴。あんな所に隠すなんざ、どうせ人様に知られちゃまずい金だ。だとしたら、俺たちが奪っても、恐れながらと訴え出られないんじゃねえか」

「バカ言うな、丙吉」

海老蔵は得々と諭すように、「いいか。俺たちにとっちゃ、お上よりも、裏の大物の方が怖いンだよ」

「どうしてだい」

「どうしても、こうしてもねえ！　いいなッ。てめえはまだ物事を分かっちゃいねえから、お気楽に話すが、勝手に余計なことをするんじゃねえぞ。いいな」

丙吉は不満そうな顔をしたが、海老蔵はさらに強く、「分かったなッ。でないと、命がいくつあっても足りねえぞ」

「あ、ああ……」

勝次もじっと俯《うつむ》いたままであった。

「この宿も危ないかもしれねえ。こまめに移った方がいいかもしれねえな。そのうち、必ずいい機会があるはずだ」

そんな海老蔵の苦言にも拘らず、その夜、丙吉は勝次に誘いをかけた。自分たちだけで、千両箱ひとつでも引き上げようではないかと。だが、勝次も腰が引けた。得体の知れない金だから、余計に危険なのではないかというのだ。

「ふん。どいつもこいつもだらしがねえ。海老蔵の兄貴もハッタリばかりで、からきし根性がねえじゃねえか」

「バカ。聞こえるぞ」

「聞こえねえよ」

海老蔵は暢気に、宿の隣にある湯屋で汗を流してる。

「まったく、何を考えてるか分からねえ兄貴だ。あんなのについていたら、こっちはいつ浮かび上がるか分からねえ」

「丙吉、いい気になるなよ」

「勝兄イだって、ほんとはあの金が欲しいだろ。五千両だぜ！　欲を出すなってンなら、千両でもいい。一生、暮らせる金じゃねえか。な、勝兄イ。それを貰って、トンずらしようじゃねえか」

勝次は微妙に震えるだけで、うんともすんとも言わない。

「そうかい。分かったよ。初めにあの金を見つけたのは俺だからな。ああ、俺一人ででも、度胸試しをやるぜ」

と自分の胸をポンと叩いた。決意したように立ち上がると、そのまま部屋から出て行こうとした。その腕を勝次が握った。

「放してくれ、俺は……」

「そうじゃねえよ。おめえがそこまで言うなら、地獄の底を一緒に見てやるぜ」

丙吉は実に愉快そうに笑って、

「へへ、勝兄イ、そうこなくちゃ。さすがは、亀戸天神の勝次と恐れられた男だ」

「誰も恐れちゃいねえよ」

「うんにゃ、聞いてるぜ。若い頃には、三十人もの子分を従えて、地回りのヤクザ者でも震え上がらせてたんだろ」

「昔の話だ」

「善は急げ……いや、悪は急げだ」

海老蔵が湯から戻ったときに、二人の姿がなかったことは言うまでもない。

その頃、丙吉と勝次は、盗んだ釣り舟を漕いで、目印にしていた古い船杭を頼りに、千両箱の在処を探り当てて、まるで手慣れた栄螺《さざえ》漁師のように潜り込んだ。

暗闇の中だが、手探りで、被さっている網を丁寧に刃物で切っていった。

すると面白いように覆いが解けた。千両箱は四貫目半ほどある。一人で担ぐのは難儀だ。

水の中だから少しは楽かと思ったが、意外と持ち上がらない。

丙吉は一旦、川面に上がって息を思い切り吸い込むと、勝次から渡された綱を引っ張って、川底まで潜り込んだ。そして、巧みに結びつけると、引き上げろと合図をした。

闇の川の中を、すうっと千両箱が浮き上がってゆく。ぐらぐらと泳いでいるように見える箱を見上げて、丙吉は歓喜に満ちた気持ちになった。

ザブンと水面から出た千両箱を釣り舟に引き上げると、すぐに菰《こも》を被せて隠した。

「どんなもんでぇ」

と丙吉は自慢げな笑みをこぼして、「もう一丁、取ってくるか」

「いや、欲をかいたら、まずい。これでも、二人で山分けしても五百両だ。しばらく、様子を見て、また来よう」

「ふん。勝兄イもちびったか。ま、いいや。今日はこれくらいにしとくか」

と丙吉が船縁に肱をかけて、這い上がったときである。

突如、闇の中に、御用提灯が浮かんだ。

「あっ……！」

二人は同時に声を上げたが、もはや逃れられないほどの数の提灯が、川上と川下の両方から迫ってくる。

「だから言わんこっちゃねえ」

勝次は狼狽したが、丙吉は諦めるものかと必死に櫓を漕ぎ始めた。

「勝兄イ。その先は北十間川だ。枕橋をくぐったすぐの所に、前に俺が使ってた隠れ家がある。急げッ！」

御用提灯が近づいて来る前に、北十間川に流れ込もうと懸命に丙吉は漕いだ。幸い、隅田川は逆流していた。その勢いのままに、丙吉の漕ぐ舟は枕橋の下に消えた。

一旦、船着場につけると、丙吉と勝次は千両箱を下ろし、舟をそのまま蹴って離岸させた。川の流れに沿って、勢いよく流れてゆく。もっこりと膨らんだままの菰が、人が隠れているように見える。御用船の役人たちは、間違えて追い続けるに違いない。

枕橋から水戸街道に抜ける小径《こみち》に、小さな水車がある。

辺鄙な所にあって、今は使われていないもので、動いてもないのにギシギシと水車が回って水が流れる音がするというので、お化け水車と呼ばれている。

丙吉と勝次は死力を尽くして、その水車小屋に千両箱を運び込んだ。

びしょ濡れになった着物がやたら体にまとわりついて重い。

息をひそめて耳をそばだてていたが、水車小屋の方へ追いかけて来る気配はない。丙吉が水車小屋の外付けの階段をそっと上ってみると、御用提灯の群が北十間川を東に向かって行くのが見えた。

「バカめ。ひっかかりやがった」

だが、安堵《あんど》はできない。すぐに無人だと分かって、この界隈を虱潰《しらみつぶ》しに調べるだろう。そうなれば、この水車小屋が見つかるまで、そう時はかかるまい。

「勝兄イ。役人たちは、どうやら、まだ密漁した者を追ってるようだぜ。このまま、向島の方へ姿を眩まそうぜ。昔の遊び仲間がいるんで、そこでほとぼりが冷めたら、また……」

「そうだな。海老蔵の兄貴には報せなくていいかな」

と勝次が心配するのへ、丙吉はきっぱりと断った。

「今更、言えるもんかい。会えば、殴られて蹴られて、下手すれば刺される」

「そんなことは、しねえよ。俺たちは、いつだって、一緒に辛い思いをしてきた仲だ。ふわあ……少し疲れた。寝るか」

勝次の目がとろんとしてきたが、丙吉はいまだ興奮冷めやらない。

「いや。役人はいつ戻って来るか分からねえしな。勝次兄イは寝ていいぜ。俺が見張ってるから」

「そうか、すまんな」

安堵したのか、小さく頷いたかと思うと、いきなり寝息を立てて眠った。

「こんな時に寝られるとは、大物なのか、マヌケなのか……」

しばらく寝顔を見ていた丙吉の脳裡に、よからぬ思いがよぎった。

「マヌケ……そうだな。この勝次兄イも、とどのつまりはマヌケなのかもしれねえ。ああ、そうだともさ。こんな奴と一緒にいた日にゃ、こっちまでお縄になっちまうかもしれねえ」

丙吉は頭の中でそう考えた。と同時に、焦りに似た思いが、じわじわと胸に押し寄せてくる。不安が蘇《よみがえ》って、水車の外をもう一度、見てみる。階段を上ってみると、御用提灯が北十間川から隅田川に戻って来るのが、はっきりと見て取れる。

「こんな所にいる場合じゃねえぞ」

そう思うと、丙吉は居ても立ってもいられなくなった。

「おい。勝兄イ……兄イ」

揺り起こしたが、すうすう寝入ったままだ。

――マヌケ。こんな奴は相手にするな。

もう一度、丙吉の脳裡に内なる声が聞こえる。

丙吉は千両箱に百両ほど残して、後は水車小屋の片隅にあった頭陀袋に移し替えた。移動するには箱が重いのだ。そして、頭陀袋を背負うと、

「勘弁してくれよ」

と丙吉は小さく頭を下げて、水車小屋を後にした。

四

翌朝、北十間川、枕橋近くの古い水車小屋から、勝次の死体が発見された。

すぐさま南町奉行所の同心・栗原左馬之助《くりはらさまのすけ》が、町方中間や捕方、岡っ引らを引き連れて、検死をしたが、

——刃物による刺殺。

だと断じられた。心の臓をたった一突きで貫かれている。

勝次の傍らには千両箱が残されていたが、中身はまったくない。

「どこぞの蔵から盗んだ金なのだろうが、仲間割れでもして殺されたか」

と栗原はその大きな体軀を持て余すようにゆっくりと辺りを歩きながら言った。

その場には、船手から、薙左と鮫島も来ていた。

実は、昨夜、禁漁区にいた丙吉の船を追っていたのは、薙左が指揮する船団だった。敵は釣り舟わずか一艘。それに対して、船手は手練《てだ》れの船頭が八艘も待機していて、捕縛に向かったのだが、逃してしまったのだ。

戸田から叱責された薙左はしょぼくれていたが、こんな簡単な捕り物ができないとは情けない。しかも、追っていた者の一人が死体となって見つかったとなれば、下手をすれば、職を辞さなければならない。

そんな船手同心に来られても探索の邪魔だとばかりに、栗原は嫌な顔をして、

「私たちの足だけは引っ張らないでもらいたい」

と皮肉タップリに言った。

薙左は返す言葉がなかった。

だが、鮫島は別に遠慮する様子もなく、

「その千両箱、どこぞの蔵から盗まれた、なんぞと言ってたが、なんでそんなに濡れてるんだろうな」

「え……？」

栗原は何を言い出すのだと、鮫島を振り返った。

「雨に濡れたり、川に落とした程度のもんじゃねえ」

「というと？」

「長い間……そうだな、二月《ふた》や三月、それ以上かもしれねえが、水の中にあったんじゃねえか。見てみなよ。これだけ腐食してるし、金具の部分が錆《さ》びてゆるんでる。井戸みたいな所じゃなくて、塩水。かといって、海ではなかろうな。海なら、藻や貝殻なども付着するかもしれねえからな。淡水と海水が入り混じった所、か……」

「何が言いたいのだ」

「なにね、昨日の真夜中、このバカタレが……」

と鮫島は薙左の頭を小突いた。

「こいつが逃がした賊は、ただの密漁者ではなかった、ということだ。その千両箱を何処かから盗んで逃げようとしていた。だからこそ、あれだけ必死に逃げたんじゃねえかな。密漁程度なら……そりゃ、それだって罪には違いねえが、あれだけの船がくれば大概は諦める」

「なるほど。では、この千両箱はどこから？」

鮫島は千両箱をじっと見ていたが、特別なものとも思えなかった。江戸城の御用蔵のものなら、運びにくいように二千両箱にしてある。両替商や札差のものならば、表に屋号が記されている。

「いわば、何処にでもある千両箱……」

と言いかけた時、内側の底を見て、アッとなった。二重底になっているのである。

「——これは……」

鮫島はまじまじと見やって、「公儀勘定方の蔵にあるものではないか？」

「なんと？」

勘定奉行や勘定方の蔵には、計算上のためだけに使うのが目的で、実際は五百両しか入らないが、千両として計算することがある。受け渡しを軽くして、一人でも運べるようにするためである。そして、後で帳簿などを計算をした上で、実際の金子のやりとりをする特殊な千両箱である。

「たとえはちょいと違うが、賭場の駒札みたいなものだ。計算を合わせるための千両箱だから、勘定奉行所に問い合わせれば、すぐに分かる話だと思うがな」

勘定奉行所という役所はない。勘定奉行の自宅がそのまま役所として使われている。

栗原が中間を使いに走らせた時、入れ代わりに岡っ引が駆けつけて来た。何やら秘密めいて栗原に耳打ちをしているのを、薙左と鮫島はじっと見ていた。

「そうか、分かった……」

「何かまた謎が解けたのかな？」

鮫島が探りを入れる目つきで尋ねると、栗原は、死体の身元が分かったと言った。船手に隠すことでもないから、話したのだろう。

「名は、勝次。つい先頃まで……」

と言いかけた栗原に、

「旗本の藤倉帯刀に雇われていた中間……であろう」

「知っていたのか!?　なぜ、先に言わぬ」

「すまぬ。当然、知っていると思うていたのでな」

「当然……？」

「うむ。そやつは、海老蔵という元ならず者と一緒に、藤倉様の賭場で中盆をしていたような奴だ。不思議がることはあるめえ。俺も、そっちの方は好きなのでな、たまに邪魔していたことがある」

「貴様、役人のくせに……」

「怒るな怒るな。咎人を追ってる時には、そういう所へ行くこともあるじゃねえか」

「では、こいつと一緒にいた、もう一人の男も知っておるのか」

「海老蔵か、丙吉という奴であろう」

鮫島が答えると、薙左が驚いた声を上げた。

「へイ吉……!?」

「なんだ。おまえ、知ってるのか」

「いえ、私の幼馴染みにもそのような名の男がいましたので」

「よくある名じゃねえか。気になるってことは、そいつも悪い道に入った奴なのか」

からかうように鮫島が問いかけるのへ、薙左はそうではないと答えたもの、どんな字を書くのか気になった。

——丙吉。

だと知った薙左は、わずかに眉根を上げたが、

「だったら、違います」

　と言って目を逸らした。鮫島は、何かあるなと感じたが、この場では問い詰めなかった。万が一、薙左の知っている奴だとしたら、それこそ厄介だ。逃げられたのではなく、逃がした、と南町に疑られるのも面倒だからである。

　栗原は訝しげに鮫島を見ていたが、

「ということは、海老蔵と内吉を探し出せばいいわけだな」

「だろうな……」

　と鮫島は頷いてから、もう一つ〝情報〟を提供しておくと言った。

「なぜだかは知らねえが、海老蔵は、黒岩の蛇蔵に睨まれていた。そんなことを、うちのお奉行が摑んでいたんだ」

「黒岩の蛇蔵!?」

　栗原が、声がひっくり返るくらいに驚いたのには訳がある。

　このところ、江戸には出没していないと言いながら、奴の仕業と思われる蔵荒らしは何件か続いていて、しかも鮮やかに逃げられているからである。

　南町も北町も、裏をかかれて苦い思いをしていた。しかし、黒岩の蛇蔵は裏切り者には厳しく、命をもってあがなわせるが、押し込んだ相手を殺すことはない。しかも、豪商や大名屋敷から盗むことが多いから、庶民からはまるで義賊扱いだった。

だが、義賊とは程遠い存在だ。盗んだ金品を貧乏人に分け与えることなどない。何処の誰か分からないが、盗んでは消える、まるでカマイタチのような存在なのである。

「この一件には、蛇蔵まで絡んでいるというのか」

栗原が不安になるのを、鮫島は冷めた目で見ながら、

「少なくとも、海老蔵には何か関わりがあるのかもしれねえな。もっとも、それが何なのか俺たちにもまだ何も分からねえ」

その時、薙左が千両箱の底に、わずかに海苔が付着しているのを見つけた。

「サメさん。これは……」

「海苔だな」

「もしかしたら……」

「うむ。ひょっとして、そういうことか」

薙左と鮫島と頷き合った。

五

海苔の密漁をしているときに、偶然、千両箱を見つけたという薙左の推察は、大外れだった。禁漁地区の何処をどう探しても、それこそ百人も駆り出して川底を浚ってみたが、千両箱はなかった。

「だとすると、あったのは、持って逃げたひとつだった、というわけか」

鮫島はそう考えたものの、釈然としないものがあった。十両箱、しかも実際は五百両程しか入っていないものを、わざわざ沈めていたとも考えにくい。たまさか落としたものだというのも妙だ。

「サメさん、考えても仕方がないですよ。逃げた奴をとっ捕まえれば分かる話です」

薙左がまるで励ますように言うと、鮫島はカッとなって思わず手を振り上げた。

「何を暢気なことを言ってるんだ。おまえが見逃したりするから、こんなハメに陥ってるんだろうが。殺されなくてもいい奴が、殺されたかもしれねえんだ。もっと、しっかり、真面目にやれ！」

興奮して怒鳴るのはいつものことだが、黒岩の蛇蔵という大盗賊に翻弄されているのが、悔しいようだった。

薙左にとっては、実はずっと心に引っかかっていることがある。

丙吉――のことである。

まだ、同一人物かどうか判明した訳ではない。しかし風の噂に、悪い道に入って、海老蔵というならず者の子分になった。そして、藤倉帯刀の中間として潜り込んでいるとも耳にしていたが、いずれにせよ、よい噂ではなかった。

ましてや、今般の事件で、兄貴分の勝次を殺して逃げたのだとしたら、それこそ取り返しのつかない罪を犯したことになる。金のことで縺《もつ》れて刃傷沙汰《にんじょうざた》に及ぶのは、世の中に〝掃いて捨てたい〟ほどある。

薙左は万が一、丙吉がそんな非道をしていたとしたら、

——この手で捕らえたい。

と考えていた。もちろん逃がすためではない。自分の手で、三尺高い所へ送るためにである。なぜなら、丙吉が悪さに染まるようになったのは、半ば自分のせいでもあるからだと、薙左は感じていたからだ。

「あんなことさえなければ……」

わずか三年ほど前のことだが、薙左にとっては随分昔のような気がする。しかし、丙吉への思いは、いまだに澱《おり》のように胸の中に張りついていた。

遠い目になっている薙左に手をかざした鮫島は、

「何をまたぼうっと考えてンだ。そんな暇があったら、海老蔵でも藤倉でもいいから、ブチ

当たって何か摑んでこい！　まったく、いつまで俺はおまえのお守りをしなきゃならねえんだ！」

「申し訳ありません」

薙左はそれだけ言うと、一目散に駆け出した。

「待て、おい。何処へ行くンだ、こら！」

鮫島が声をかけても無駄だった。薙左にはどうしても、一人で行ってみたいところがあったのである。

それは、向島のある小さな庵だった。

『多幸庵』という浄土真宗の僧侶が、近在の子供たちを相手に開いている寺子屋みたいな所だった。

みたいというのは、寺子屋とは違うからである。読み書き算盤《そろばん》は一切教えない。ただひたすら、子供たちが日がな一日、遊んでいるのである。

鬼ごっこ、隠れんぼ、合戦ごっこに凧《たこ》揚《あ》げから独楽《こま》回しなど、男の子と女の子が入り混じって、どろんこになって遊ぶのだ。時には自我を押し通して殴り合いや、白のぶつけ合いのような喧嘩になることもある。それでも、和尚《おしよう》は自分たちで解決できるまで、黙って眺めていた。

子供というのは面白いもので、どちらかが謝れば、それ以上、酷いことはしない。それは犬や猫であっても、そうしたものだ。よほど目に余れば、和尚が割って入るが、そのような事態に遭遇することはまずなかった。

御家人の息子の薙左も、一時、この庵に入り浸っていたことがある。

丙吉はその頃の幼馴染みなのである。

川で泳ぎ、魚を銛《もり》で刺し、野原を走って兎を捕まえる。相撲をしたり、かけっこをしたりした思い出は数限りない。年は薙左より、二つ下だったが、腕の力や脚力はむしろ薙左より強かった。水練も巧みで、潜水するのも長かった。

元服を過ぎてからも、薙左はぶらりと庵を尋ねた。父親を早くに亡くした薙左にとって和尚は父親みたいな存在だった。和尚の変わらぬ顔を見たいという懐かしさもあったが、幼馴染みが自然と集まる場所でもあったからである。

丙吉もよく訪ねて来ていた。にこりと笑うと、えくぼができる奴で愛嬌があったが、いつ頃からか、ガラリと雰囲気が変わった。

町人である丙吉は、神田にある染物問屋に奉公をしたが、すぐに辞めて、自分の着る着物だけは歌舞伎役者のような派手なものに染めて着ていた。髪も流行《はや》りの潰し髷で、履き物はいつも黒塗りの下駄を履いており、わざとらしくカラコロと音を立てていた。

色々な遊び場に出入りしていたようだが、何をして暮らしているのかは分からなかった。暇があると『多幸庵』に来て、子供が遊ぶのをぼんやり見ていた。自ら進んで相手をするわけではない。ただ、幼い頃に遊んだ栗の木の下で、眺めているだけだった。

たまに薙左とバッタリ会うことがあった。しかし、薙左が声をかけても、子供の頃のようには反応しなかった。むしろ、無視していた節がある。

「まったく、何をしに来てンのかね」

と薙左が言っても、

「ただ、来てるだけでいいではないか」

そう和尚は答えるのであった。

確かに、それでいいのかもしれないと薙左も思っていた。

だが、ただ来ているだけではないとしたら話は違う。

「ただ来てるだけ……か」

薙左は、ある時、庵のお布施箱から、すっかり金がなくなっているのに気づいた。お布施箱は、庵の門を入った脇に置いてあり、蓋も鍵もない、ただの桐の箱だった。

子供を預けている親や、近在の人、通りがかりに和尚の説法を聞いたりする人が、自らの懐から出してくれる大切な金である。しかも、それは庵のために使うだけではなかった。もし、困った人がいれば、勝手に持って行ってよいと木札に書かれてある。ただし、返せる時には返してくれと。

「盗んで行く者など、めったにおらんよ」

と和尚は笑っていた。

しかし、全部なくなっているのは、おかしい。その金がなくなるのは、必ずといっていいほど、丙吉が来たときだった。

和尚は証拠もないのに人を疑ってはだめだと、薙左を諭した。だが、

「甘やかすのは、奴のためにならない」

と薙左は、丙吉が現れたときに、子供たちの前で事の真偽をただした。もちろん、丙吉は否定をしていたが、子供の一人が、箱から取ったのを見たことがあると言ったものだから、薙左の疑いも一気に傾いた。

「札に書いてあるとおり、ちょっと借りて、ある時に返したぜ」

と丙吉は悪びれずに言った。薙左はついムキになって、いい年になってぶらぶらしているから、人の金をあてにするのだ。まっとうに働けと厳しく意見をした。

丙吉としては面白くない。

「侍だからって偉そうにするなッ。和尚さんはいつも言ってたぞ。人に貴賤《きせん》はねえってな。

てめえはそうやって、いつも人を見下している。おまえはそういう奴なんだ」

と長年の怨みでも吐露するように、丙吉の方も興奮して攻撃してきた。摑み合いの喧嘩にこそならなかったが、

「人のことを嘘つき呼ばわりしやがって。てめえなんざ、幼馴染みでもなんでもねえ。泥棒の始まりだと⁉　上等じゃねえか。おまえが逆立ちしても捕まえることができねえような、立派な泥棒になってやるよ！」

それが薙左が聞いた、丙吉の最後の言葉だった。

もう何年も変わらない『多幸庵』を訪ねた薙左は、和尚に会うなり、挨拶もそこそこに、丙吉が訪ねて来なかったか訊いた。よほど切羽詰まった顔をしていたのであろう。和尚は煎茶を出してくれて、

「捕り物かね。おまえさんも色々と大変じゃなあ。しかし、丙吉を探してるとは、何事なのじゃ？」

心配そうに尋ねるのへ、薙左は事件のことは何も語らず、

「いえ、私も少々疲れましてね。和尚の顔を見て、慰めてもらおうかと」

と誤魔化した。それでも、和尚は何かを感じているようで、

「とにかく……幼馴染みで、諍《いさか》いはやめような。この庵は、みんなに幸多かれと思って、作

ったんじゃからな」

と言ってから、お布施箱を指した。薙左はてっきり、例の丙吉を泥棒扱いをした一件のことを話すのかと思ったが、

「見てみなされ」

薙左がそっと近づいて覗いてみると、そこには、小判がざっと百枚も入っている。

「どうしようかと思うてな」

「…………」

「お布施にしては多すぎるのでな、町方にでも届けようと思うておったのじゃ」

「これは、いつのことです」

「今朝、早く起きて見て驚いた」

「まさか……」

「なんじゃ？」

「いえ。何でもありません。和尚さんが案ずることではありますまいが、これだけの大金を見れば、悪い気を起こさぬ者が現れないとも限りません。しばらく、庵の方で、和尚さんが預かっておいてくれませんか」

「何か心当たりでも？」

人の心の中を察したような物言いだが、それ以上、深くは問いかけてこなかった。薙左は小さく頷いて、

「そうではありませんが、とにかく調べてみますから」

と言って、見慣れた栗の木を見やった。

丙吉が、その下に立っていて、

──さあ、捕まえられるものなら、捕まえてみろ。

とでも囁いているような幻影が浮かんだ。

六

小塚原《こづかつぱら》はなんとなく避けたかった。

千住大橋は渡らずに、人目を忍ぶように豊島村と沼田村を繋ぐ渡し場に立っていた。その丙吉の顔にぽつりぽつりと雨が垂れてきた。雲行きが怪しかったので、先刻、雑貨屋で蓑笠《みのかさ》を買い求めていた。

──これで少しは、姿をごまかせるかもしれない。

と思っていたが、ふいに背中を叩かれて、驚きの声を上げた。振り返ると、そこには海老

蔵が立っていた。

「とんだことをしでかしたな、てめえ」

言うなり、丙吉の胸ぐらを摑まえて、引きずり上げた。

喉仏が絞められて丙吉が足をばたつかせて喘ぐのを、渡し舟の船頭や客たちが恐々とした顔で見ているので、海老蔵は突き放した。船着き小屋の番人に怪しまれてもいけない。

「ちょいと来な」

頰の刀傷が尚一層、凶悪な顔に見せている。丙吉が今まで見たこともないような、海老蔵の顔だった。

すぐ近くに、江戸六阿弥陀巡りの一番寺がある。西行が一晩で彫り上げた阿弥陀像が祀られているというが、人気《ひとけ》はあまりない。海老蔵はその裏手にある御堂を、盗みなどをした隠れ蓑として使っていたことがある。

「ど、どうして、ここが……」

丙吉が不思議がるのへ、海老蔵は舐めるなよと鳩尾に一発蹴りを入れてから、

「日光街道を北に行くのは分かってるんだ。別れた女ン所へだろうが、てめえの浅はかな考えなんざ、バカでも分かるんだよ」

「す、すんません……」

「謝って済むか。てめえ、俺に黙って金を盗んだ挙げ句、勝次を殺して逃げるたァ、大したタマじゃねえか」

「こ、殺した？」

　目をパチクリさせる丙吉に、海老蔵はもう一発鋭い蹴りを入れた。

「惚けるんじゃねえぞ、こら。お陰で、こっちにも町方の手が回ってきてンだ。奴は俺の子分だと知られてるからな。ああ、おめえもだ。町方も船手も躍起になって、行方を探してるぜ。このままじゃ、何処へ逃げようと御用だぜ」

「そんな……俺は、勝兄イを、こ、殺してなんかいねえ。本当だ。信じてくれ」

「今更、言い訳してもしょうがあるめえ」

「本当だよ！」

　泣きそうな声で首を振る丙吉をドンと御堂の壁に押しやって、海老蔵は押し殺した声で詰め寄った。

「俺はおめえを、お上に突き出すために、追って来たンじゃねえ」

「…………」

「金だ。盗んだ金を、俺にも渡せ」

「…………」

「てめえッ。いやだとぬかしやがると、ブスリとやるぜ。さ、どうする」

海老蔵は本気である。匕首を手にして、今にも突きかかってくる勢いであった。

「わ、分かった。でも、今は、これだけしか持ってねえ」

と信玄袋から、五十両出した。

「舐めるなよ」

「ほ、ほんとだ、兄貴。俺は……」

丙吉は昨夜あったことを正直に話した。

水車小屋に、寝入った勝次を置き去りにしたことは悪かったと詫びたが、百両ほど残してきたし、昔、世話になった人の所にも、黙って百両置いて来たと告白した。だが、『多幸庵』だとは言わなかった。海老蔵なら、何かしでかすかもしれないからだ。

そして、とりあえず五十両だけを手にして、残りはある所に埋めてきたという。

「でも、おかしいんだ、兄貴。あれは千両箱だったのに、五百両くれえしかなかった。俺、あんな大金、持ったことねえから、千両か五百両かなんて分からなくて……。当面、五十両ありゃ、二、三年は遊んで暮らせる。あちこち、ぶらついて、ほとぼりが冷めたら、また取りに来ようと」

「ふざけるな。何が五百両しかなかっただ。独り占めするような奴だ。信じられるか。おい、埋めたのはどこだ。何処に埋めた！」

匕首を喉元に突きつけられて、丙吉は喘ぐように白状した。

「し、白髭神社だッ」

「ほんとか」

「本当だ。あの辺りは、今、公儀の普請をせっせとやってる。だから、穴を掘ったところで誰も怪しまねえ。だけど、絶対に普請で掘らない所が、白髭神社の狛犬だ。その横の銀杏《いちょう》の……」

「本当だな。嘘だったら、殺す」

「ほ、本当だ。信じてくれ」

冷や汗でびしょびしょになっている丙吉の顔を見て、海老蔵はこくりと頷くと、ニンマリと笑って匕首を握り直した。

「おまえの言葉を信じて、この場で、ぶっ殺してやるよ」

硬直した顔の丙吉に鋭く匕首を突き出そうとした時、バサッと海老蔵の首根から背中が斬られた。一瞬にして鮮血が飛び散り、ギョロ目を剝いたまま、海老蔵は仰け反って大木のように倒れた。

そこに立っていたのは、編笠の侍だった。

「…………⁉」

息を呑んで見ていた丙吉の前に、じりっと侍が近づいてきた。丙吉は凝視できずに逃げだそうとしたが、

「待て、丙吉――」

と編笠を上げると、それは藤倉帯刀であった。

「お殿様……」

愕然となった丙吉は、へなへなと腰が砕けて沈んでしまった。藤倉はずいと近づいて、血塗れた刀を晒したままで、

「おまえたちがいきなり辞めたのは、そんな千両箱を見つけたからか」

と責めるでもない口調で訊いた。丙吉はもう逃れられないと覚悟を決め、正直に答えるしかなかった。もちろん、海老蔵に話したことも嘘ではない。

しかし、藤倉が何故、ここまで追って来たかは理解できず、丙吉にとっては、

――もう、何処にも逃れることはできない。これが悪事の末路か。

と感じていたのである。だが、勝次を殺してはいない。それだけは、藤倉に必死に訴えた。

「ああ。おまえがやったことではないと、俺は知っている」

「え……？」

「俺が見た訳ではないが、殺したのは、黒岩の蛇蔵だからだ」

「ええ……!?」

どうして、蛇蔵が勝次を殺したのか、丙吉には理解できなかった。藤倉も分からぬと言う。

ただ、このまま放っておけば、

「おまえも蛇蔵に殺されるであろう」

と藤倉は言った。

「た、助けて下さい。お、お殿様……」

「俺が気になったのは、底上げの千両箱の話だ」

「お、俺には何のことだか……」

「それは、まことなのだな」

「は、はい」

「今一度、訊く。たしかなのだな」

「嘘偽りは申しません」

「うむ。町方は、おまえを勝次殺しの下手人として追っておる。俺の屋敷におれば、捕まることはあるまい。だが……」

「千両箱から取った金のことなら、教えます。掘り返します」

「それよりも……」

藤倉は懐紙で刀の血を拭いながら、「底上げの千両箱は、おまえたちがすべて引き上げたのではないのだな」

「知りません。俺はひとつだけで……」

「やはりな」

と藤倉は唸るような溜息をついてから、「おまえに今一度、機会を与えてやる。残りの千両箱は何処に消えたか、探し出してこい。なに、概ね見当はついておる」

「はあ？」

「俺を誰だと思うている。カブキ中のカブキ旗本だぞ。ええッ」

何か企んでいる微笑を浮かべると、藤倉は刀を鞘に納めた。

丙吉はごくりと生唾を呑み込んで、じっと見つめ返していたが、生き延びるには、とにかく素直に頷くしかなかった。

七

その夜――。

藤倉に連れられて来たのは、吾妻橋東詰にある『花柳《はなやぎ》』という小料理屋であった。お光《みつ》という若い女将が一人で切り盛りしている店で、用心棒代わりに寝泊まりしているのは、堀部《ほりべ》慶之進《けいのしん》という、藤倉と同じ旗本の三男坊だった。

お互いに無役とはいえ、三千石以上ならば小普請組ではなく、寄合旗本として、幕府に対して様々な意見を上申できる。その集まりで何度も顔を合わせているが、

――同じ匂いがする。

と藤倉は常々感じていたのだ。つまり、まっとうな旗本ではない、という意味でである。いや、むしろ慶之進の方がタチが悪いのではないかと、藤倉は思っていた。他の旗本仲間に訊いても、同じような感想を持っていたからである。

それに、いくら旗本とはいえ、冷や飯食いなら、自由になる金など、たかが知れている。女に面倒を見てもらっている程度の金遣いの荒さではない。茶屋を借り切って、芸者を上げて遊ぶことも常だったからである。

もっとも、学問も好きなようだし、弁の立つ男であったから、周りの者はあまり文句は言わなかった。それどころか、政のことはともかく、自分が実践できそうもない道徳や倫理の話は得意で、蘭学にも秀でており、

「いずれ、幕府はなくなる。オランダやエゲレスに取って代わられる」

と臆面もなく話しているような男だ。ゆえに、幕府からも睨まれており、目付の探索は慶之進一人ではなく、その交友関係にも及んでいた。だから逆に、慶之進と関わりを持つのを嫌がる者も多かった。

その慶之進が居候している『花柳』に忍び込んだ丙吉は、得意の軽業師のような身軽さで、屋敷内のあらゆる所を探った。

千両箱を見つけるのに、さほど時はかからなかった。

小料理屋の厨房にある水瓶の中、床下、天井裏、中庭の灯籠《とうろう》の敷石の下などに隠されていた。禁漁区にあった千両箱だけではない。他にも同じ二重底のものが、十個余り、その小料理屋の中にあったのである。

「とんでもねえ。ここが、黒岩の蛇蔵の隠れ家だったのか？」

丙吉はそう思い込んで、背筋が凍る思いをしながら、藤倉に報せるために、植え込みの灌木を踏み台にして裏塀から外に出た。

一方に駆け出したとき、目の前に人影が立った。

——まずい。

という思いと同時に、素知らぬ顔で通り過ぎようという考えが起こった。しかし、次の瞬間、逃げ足が鈍った。

「丙吉、久しぶりだな」

暗がりの中に立ったのは、薙左だった。

「なんだ、おまえか。脅かすな」

「人に見られただけで驚くようなことをしてきたのか」

「…………」

「この屋敷で何をしていた」

「見てたのか」

「まさか、おまえが出て来るとは思わなかったがな。ここは、ある盗賊と繋がりのある隠れ家だ」

「やはり、そうなのか？」

「やはり？　ってことは、おまえは知らずに入ったのか」

黙って聞いていたが、丙古は話してもしょうがないというふうに溜息をついて、ゆっくりと一方へ歩き始めた。

「待て、丙吉。ひとつだけ聞きたい」

無視するように歩く丙吉を、薙左は追いかけながら、

「勝次という男を殺したのはおまえか」

ドキッとして立ち止まったが、

「知らねえよ」

「本当だな」

「ああ。知らねえ」

「なら、禁漁区から千両箱を引き上げたのは」

一瞬、硬直したように首筋がひきつったが、それも知らないと答えた。

「正直に言ってくれ。千両箱は盗んだが、勝次は殺してない。そうじゃないのか」

「だったら、なんだってんだ！」

「今なら、来た道を戻れる」

「なんだと？」

「禁漁区からは、金を拾っただけだ。そうだろ？　魚は釣っちゃならないが、船遊びをしていけない訳じゃない。その時、拾った。誰かのものを盗んだのではない。拾ったのだ」

「…………」

「そして、逃げる途中、勝次は誰かに殺された。そうなんだろ？」

丙吉はうんともすんとも言わず、ただ立ち尽くしていた。その顔には怒りとも悲しみともつかぬ色が漂っていた。

「どうなんだ？」

「…………」

「金はどうした。百両ほどの金は、『多幸庵』のお布施箱に入れただろ」

エッと振り返った丙吉は、それも知っていたのかという表情になって、

「ああ。おまえに盗んだと決めつけられたからな。返しに行ってやったんだ」

「丙吉……」

薙左は済まぬと頭をトげてから、申し訳なさそうに続けた。

「やっぱり、俺のせいだったんだな。俺が、あんなふうに言ったばかりに、腹が立って悪い道に入ったンだな。そうなんだろ？」

丙吉はふてくされたように横を向いている。

「だとしたら、謝る。子供たちの前で、あんなことを言った俺が悪かった。でも、そんなことをして、どうするんだ。和尚も昔の仲間も、悲しむだけじゃないか」

「…………」

「なあ、丙吉。ここで引き返せば、金は拾ったということだけで、処理できる。俺に任せてくれれば、何とか……」

「それが余計だッてんだ」

「どうしてだ」

「ふん。まだ、気づいてやがらねえのか」

丙吉は薙左に近づくと、わざとドンと両手で突き飛ばして、

「ガキの頃から、おまえはそうやって、人の面倒を見て、世話をして、情けをかけて、いい気になってやがった。人がどんな気持ちでいるかなんぞ二の次だ。てめぇが、親切を施して気分がよけりゃ、それでいいんだ」

「違う。それは……」

「何が違うンだ！　そうやって、自分がいい子になって、周りの者たちは、おまえを慕う。そしたら、ますます気分よくなってよ、悪さをする奴らを、まるで奉行にでもなったように押さえつける」

「…………」

「それが、おまえのガキの頃からの癖だ。ああ、同心稼業には丁度いい塩梅なんだろうがな、引き合いにされた相手のことも考えてみろってんだ、コノヤロウ！」

薙左は何も言い返す気になれなかった。しかし、このままではだめだ。本当に悪の道に入ってしまうかもしれない。もし、そうなったら、元に戻ることは難しい。下手をすれば咎人

になるのがオチだ。

「お願いだ、丙吉。俺はおまえのことを、ずっと……」

「うるせえ！　言っただろ。おまえが逆立ちしても、俺は捕まらないンだよ！」

そう怒鳴ると、あの日と同じように、丙吉は駆け出した。

このまま逃がしてはまずい。そう判断した薙左は素早く追いかけたが、丙吉は足が速い。子供の頃のように、どんどん引き離される。

「丙吉！　待て、丙吉！」

薙左の声は闇夜に虚しく響くだけだった。

「くそっ。負けてたまるか」

速さでは敵わないが、それでも、薙左は諦めなかった。遠駆けならば、負けたことはなかったからだ。

どのくらい時が経っただろうか。薙左の足がひきつってしまうくらい走った先は、旗本、藤倉帯刀の屋敷だった。

「なんだ、あいつ、まだ、藤倉様と繫がっていたのか」

薙左は吐きそうなほど苦しい息づかいで、藤倉の屋敷を見上げていた。長屋門の上には、鋭い獣の目のような三日月が照っていた。

八

藤倉帯刀の斬殺死体が隅田川に浮かんだのは、その翌日のことだった。

引き上げられた浜町河岸は、黒山の人だかりだった。

不良旗本という評判があったから、内心、ざまあみろという町人たちもいたようだ。野次馬が多かったのは、誰に殺されたのか、という謎が多かったからだ。

「またぞろ、面妖《めんよう》な事件が起こったものだな」

検死には、与力の加治も立ち会った。もちろん、南町奉行の栗原も来ていたが、先般の勝次殺しも解決できていないので、かなり苛立っていた。

「どうなっているのですか、加治様！」

「私に怒鳴られても困るが、不審な事件が続いたことには、頭が痛くなる」

「他人事《ひとごと》みたいに……。船手の調べが甘いから、こう次から次へと殺しが起こるのです」

栗原は口の奥で嚙みしめるように、

「いいですか。勝次が殺され、その兄貴分の海老蔵が千住で殺され……そして、今度は、二人が中間として仕えていた藤倉様が殺された。一体、どういうことですか」

加治も既に、海老蔵が一刀のもとに殺されたことは知っていた。検死に立ち会ったのは鮫島だけだが、侍による仕業であることくらいしか分からなかった。

だが、その頃、渡し場に丙吉と海老蔵が一緒にいたのは、船頭や客らがはっきりと覚えていた。ゆえに、またぞろ丙吉が疑われたが、勝次、海老蔵、藤倉を殺した刃物の傷はいずれも合致しない。

しかし、勝次を殺したのが丙吉だと疑われている以上、他の者も丙吉がやったのではという疑惑は拭いきれなかった。

「これも、盗まれた千両箱を奪い合ったからとでもいうのですか⁉」

興奮して詰め寄る栗原に、加治は冷静に対応した。

「はてさて、私には何とも言えぬが、殺した者がそれぞれ違うような気がして、しょうがない」

「どういうことです」

「言ったとおりだよ。勝次を殺した者と、海老蔵を殺した者、そして藤倉を殺した者は、みな別の人物、ということだ」

「ますます、奇怪なッ。そんなバカな話があるものですか」

「では、栗原殿は、誰か一人がやったことだと考えているのか？」

「私だけでなく、南町では、丙吉がやったことだと睨んでいます。現に、奴はどこかに姿を消したまま現れない」

「さよう」

「ならば、そやつを捕まえて、拷問にでもかけるしかないでしょう」

栗原が断じるのへ、加治は茫洋とした言い草で、

「たしかに、丙吉を探すことは大切だが、そいつを捕まえたところで、真相は分からぬであろうな」

「なぜです」

「奴もまた、被害を受けた方かもしれぬからだ」

加治はそう言ったものの、丙吉が無実であるという自信もなかった。それぞれの殺しの本当の下手人を捕らえぬ限り、証明することはできまい。

検死をしている所に駆けつけて来た薙左は、

「お願いです、加治様。堀部慶之進様を調べてもらえませんか？」

「何故だ」

「丙吉は、堀部様が身を寄せている小料理屋に忍び込んで後、藤倉様の屋敷に逃げ込みました。その後で、藤倉様が……。これは、堀部様のことで何かを摑んだから、殺されたとは考

えられませんか?」

「何か、とは」

「私は前々から、あの料理屋は怪しいと睨んでいました。蛇蔵と繋がりがあるのではないかと。なぜならば、船で遠くに逃げたのは、ただの見せかけではないかと。灯台もと暗しです。そう思って調べていたら、ぶち当たったのです」

「では、丙吉も仲間だと申すか」

「分かりません。私はそれを調べたい。いや、仲間でないことを調べたいという方が正しいかもしれません」

「どういうことだ?」

「丙吉は、私の幼馴染みです。無実なら、晴らしてやりたい。それだけです」

加治は腕組みをして聞いていたが、

「私には重すぎる。お奉行にお出まし下さるよう、お願いしてみよう」

慶之進の父親、勘定奉行堀部備前の屋敷は、市ヶ谷の御先手組に隣接してあった。

本来ならば、もっと城に近い所に拝領屋敷があるはずだが、元々は徳川家三河以来の武官だったゆえに、自ら尾張藩邸や根来《ねごろ》衆組屋敷などと連絡を取りやすい地を望んだのである。

屋敷内の中庭は、梅や桜、楓《かえで》や山毛欅《ぶな》などが美しく配されている。花は咲いていないが、よく手入れされた風情を眺めるだけでも、心が安らぐ。花鳥風月を堪能するにはまだ若い薙左ですら、

――いい庭だ。

と感心するほどであった。

戸田とともに、堀部に話を聞きに来ていたのである。

藤倉が殺されて、五日が経っていた。堀部は忙しくて、なかなか面会がかなわなかったのである。

「して、不審なこととは？」

堀部は不健康なくらい白い顔をしていたが、立ち居振る舞いは矍鑠《かくしゃく》としており、とても齢《よわい》六十五には見えなかった。

幕府の老中、若年寄の〝定年〟は七十歳である。奉行職は六十五だが、申請をして認められれば七十まで勤められた。だが、多くの者は還暦を過ぎると自ら隠居を願い出た。

「まずは、先日、既にお送りした千両箱。あれはたしかに、この屋敷から盗まれたものですかな？」

と戸田が問いかけると、堀部は実に曖昧にもごもご言った後で、

「それが、どうもはっきりせぬのだ」

「どうしてです」

「こちらでも調べたが、あれは勘定方の役所内で使う千両箱ゆえ、どれが何処にあったのかをきちんと調べる手だてがない」

「そうなのですか？　しかし、千両箱が当屋敷から盗まれたのは事実なのでしょう」

「うむ。恥ずかしい話だが、二度ほど、やられたことがある」

「盗んだのは……」

「知ってのとおり、黒岩の蛇蔵という盗賊一味だ。不敵にも『余った金をいただきに参上』などという書付を残しておった。公儀でも追っておるのだが、まったく行方が摑めぬ」

「それは船手でも同じでございます。いや、むしろ、船で逃げるのを得意としている輩ですから、私どもの不甲斐なさでもありましょう」

「ならば篤《とく》と探索を続けられよ」

「肝に銘じておきます。ところで……」

　と戸田は探るような目になって、問いかけた。

「ところで、ご子息はご在宅でございますかな？」

「慶之進が何か？」

「いささか、お尋ねしたいことがあるのです」

「奴は三男坊ゆえ、当屋敷にはおらぬ」

「では、他の屋敷に？」

「無役の者に屋敷を与える余裕などない。奴は、学問が好きだが、政にはまったく向いておらぬ気質ゆえ、色々な学者の門を叩いては、転々としておる」

「そうなのですか？」

「もっとも、己が如何なる学問を目指すか、まだはっきりとは結論を出しておらぬ。迷うことばかりは一人前のようだ」

「で、お住まいは」

「うむ……」

堀部は落ち込んだように俯いて、

「答えねばならぬのか。今般のことと、何か関わりがあるのか」

「実は、当方でもう調べております。吾妻橋東詰にある小料理屋『花柳』でございましょう。そこの若女将とわりない仲とか」

戸田にそう言われた堀部は、絶望したように眉を顰めて、

「そこまで……。では、やはり、千両箱の一件と関わりが……」

「はい。大変、言いにくいことですが……」

今度は、戸田の方が口ごもった。

「何を聞いても驚かぬゆえ申せ。あの変わり者には、子供の頃から色々と面倒をかけられたゆえな」

「では、申し上げます。船手で調べたところ、慶之進様と黒岩の蛇蔵が、通じている節があるのです」

「なんと⁉」

驚かぬと言ったばかりだが、さすがに自分の息子が、しかも無役とはいえ旗本が、盗賊と関係しているとは、青天の霹靂《へきれき》であるとでも言いたげに顔を顰めた。しかし、堀部はさすが勘定奉行を務める人物、すぐに平常心に戻って、

「そこまで言うには、よほどの証があるのであろうの」

「はい。勘定方から盗まれた千両箱は、申し出によれば、五つ。その一つは、殺された勝次の側《そば》にあったもので、町奉行所で調べた上で、先日、お返ししたものです」

「うむ。それで」

「その千両箱は、禁漁区に沈めて隠されていたと思われます。そこで、私たちは残りの千両箱を探しましたが……束ねていた覆い網は見つかったのですが、他の千両箱は消えていまし

「消えた？　そこにあったのはたしかなのか？」

「そこにあろうがなかろうが、同じ二重底の千両箱が、『花柳』の屋敷内から見つかりました」

「なんと⁉」

「私の手の者が調べ出したのでございます」

どうして分かったのかと、堀部は訊こうとしたが、観念したように俯いた。

「そうか。船手奉行所では、前々から、慶之進に目をつけていたのだな」

「…………」

「そうであろう？　戸田泰全、おぬしはそういう男だ。おぬしは、遠山とも昵懇の仲だし、目付筋とも深い繋がりがある。黒岩の蛇蔵なる盗賊が逃げる道筋をつけるのも慶之進ならできる。わしを通して、幕府の重要事項が耳に入るからな」

戸田は敢えて、気の毒そうな顔をして、

「堀部様は、前々から気づいておられたのではないですか。慶之進様が何かよからぬことをしていたことを」

「いや、そうは思いたくなかった。されど、もし、それが本当ならば……」

切腹して果てる覚悟であると断言した。

「いえ。残念ながら、あなたには、そのような覚悟はなかったはず」

「なんだと？」

「現に、こうして、生きておられる」

「本当ならばと言ったはずだ」

「この五日の間に、あなたは揉み消しをはかった」

「…………」

「ただし、それはご子息に関してです。残念ながら、蛇蔵と慶之進様を結びつける決定的な証を、私はこの手にすることができませんでした。しかし……」

戸田は懐から、一通の書状を取り出して見せた。それを目の当たりにした堀部は、愕然となった。

九

その書状は、老中水野忠邦から発せられた密書であった。本来、公にする文書ではない。いわば幕府内部の機密文書である。

「偉そうに言う訳ではありませぬが、私も勘定奉行のあなたと同じ、老中直属の奉行でございます」

と戸田が申し出ると、堀部は顎を引いて、

「それは、重々承知しておる。いや、むしろ、諸国の湊や河川に関わることゆえ、もっと秘密があろう。火盗改並の追捕権もあるのだからな」

「はい。大目付や目付としての使命を受けることもあります」

「……………」

「ご覧のとおり、藤倉帯刀殿は、水野様が在野に放っていた目付だったのです」

堀部は愕然として戸田を見た。

「ゆえに、堀部様。この藤倉殿は、日々のことや探索した色々なことを、上に報告しておりました。藤倉殿がその職にあったことを知っていたのは、老中のほかは、この私しかおりませなんだ」

「まことか？」

と堀部は、ほんのわずか疑念の目を戸田に向けた。そして、控えている雉左にもちらりと視線を送った。

「嘘だとお思いなら、今すぐ、水野様にお確かめになればよろしかろう。しかし、藤倉殿の日誌は、すでに水野様に届いております。どういうことになるかは、火を見るより明らかでございましょう」

「…………」

「いくら、ご子息の秘密を隠すためとはいえ、随分なことをなされましたな。これでは、目付としての藤倉殿も浮かばれますまい」

戸田が駄目押しのような言い草で迫ると、堀部は噛み殺すように笑って、

「何が目付だ、あんな奴」

と藤倉を愚弄し、

「どうせ、水野様に報告した内容も出鱈目であろう。あいつが、わしになんと言ってきたか、分かるか」

「…………」

「このわしを、このわしを呼びつけて、こんなことを言いおった」

堀部は悔しそうに羽織の袖を握り締めながら、〝その日〟のことを話しはじめた。

――藤倉に呼び出された船宿を、堀部は訪ねた。既に到着して、酒をひとりで飲んでいた藤倉は、挨拶もそこそこに、

『千両で手を打ちますよ』

といきなり脅迫してきた。

『何の話だ』

堀部は立ったまま、突き返すような口調で言ったが、藤倉は余裕の笑みさえ浮かべて、ポンと日誌を差し出した。

『慶之進は、こんなことをしている。俺も少々悪さをしてきたが、ここまでできるものではないな』

藤倉は、小料理屋『花柳』の店内に、勘定方しか使わない千両箱が、いくつも隠してあったことを追及した。

『あんたのバカ息子は、どこで繋がったか、黒岩の蛇蔵に、勘定奉行所から千両箱を盗ませて、それを自分で使い込んでいたんだ。いくら、自由に出入りできる親父殿の屋敷とはいえ、千両箱は盗めぬであろう。それで、盗賊に盗ませ、それを見つからぬよう、わざわざ禁漁区に隠して、素知らぬ顔で贅沢に使うとは、お釈迦《しゃか》様でもなんとやらだ。悪知恵が働くというより、根っから腐ってやがる。そんな男が旗本であるのは、おかしい。だが、そんなことが世間に知れてしまったら、バカ息子一人のことでは済まぬ。千両くらい安いものではないか』

堀部はちくちくと脅してくる藤倉に、

──こんな奴に脅されてなるものか。放っておけば御家のためにならぬ。

と思った。だから、堀部は逃げるふりをして船宿から出ると、人気の少ない所まで急いだ。

そして、追いかけて来た藤倉を、闇討ちにしたのだ。

「それの何処が悪い。悪いのは、藤倉の方ではないか！」

叫ぶ堀部に、戸田は毅然と言った。

「今の話を、御老中にできますか？」

「え──？」

「きちんと、話して下さい」

「水野様は、既に知っておられるのではないのか」

「そこまでは、知っておられますまい。あなたが揉み消していたのですから」

「戸田、たばかったか」

凝然となる堀部に、

「藤倉殿は特別な目付でもなんでもない。目付役なら、ここにおりますぞ」

と戸田は自分の胸をポンと叩いた。険しい目で見やる戸田に、

「バカな。わしは……」

自分から話したことを必死に否定しようとしたが、もはや言い逃れはできなかった。

『あほうどり』では、珍しく一同、打ち揃って、鮟鱇鍋《あんこう》をつついていた。

鮟鱇鍋は腹を切るからと忌み嫌われているため、武士は食べない。とは言うものの、美味いものを我慢できないのが人というものだ。

他の客も一緒になって、わいわいがやがやと酒盛りが始まったが、浮かぬ顔の薙左だけは、やはり片隅で、一人ちびりちびりやっている。

「さっ、薙左さん。気持ちは分かるけれど、いつもの薙左さんらしく、パッとやりましょうよ。ねえ」

と、さくらが無理矢理、手を引いて、みんなの所に連れて来た。

「丙吉さんて人も、きっと何処かで、薙左さんのことを考えてるわよ。あんなこと言わなきゃよかったとか、また会いたいとか」

遠山左衛門尉のお陰で、丙吉は禁漁の罪と拾った金を届け出なかった罪だけで、江戸十里四方所払いとなった。この刑罰は、京、大坂、名古屋などの大きな町に入れないということでもある。

「何処かでまた、ひねくれてなきゃいいがな」

薙左はそう願うしかなかった。

「ねえ、カジ助さん。観音様が見つかったら、感謝してお祀りするのに、どうして、お金が見つかっちゃえば、欲が出てしまうのかしらねえ」

女将のお藤が尋ねると、あっさり鮫島が返した。

「金だからだよ。もっとも、拾ったのが観音様だったら、俺でも拝むな、さっと」

「どっちも同じ人間のすることだ」

と戸田が笑った。

その時、飛脚が飛び込んで来た。『あほうどり』気付で、〝薙左へ〟とある。

それは、丙吉からであった。

薙左が喜び勇んで封を開けると、ただ一言、

――すまん。

とだけあった。

その言葉をそのまま丙吉に返したいと思う薙左だった。幼馴染みゆえに胸に響く一言だった。

この作品は書き下ろしです。原稿枚数380枚（400字詰め）。

船手《ふなて》奉行《ぶぎょう》うたかた日記《にっき》

巣立《すだ》ち雛《びな》

井《い》川《かわ》香《こう》四《し》郎《ろう》

平成18年10月10日　初版発行
平成20年1月31日　2版発行

発行者――見城　徹

発行所――株式会社幻冬舎

〒151-0051東京都渋谷区千駄ヶ谷4-9-7
電話　03(5411)6222(営業)
　　　03(5411)6211(編集)
振替00120-8-767643

印刷・製本―中央精版印刷株式会社

装丁者――高橋雅之

幻冬舎文庫

ISBN4-344-40844-6　C0193　い-25-2